로크미디어가
유혹하는
재미있는 세상

ROK
MEDIA
로크미디어

두 개의
심장을
가진 자

두 개의 심장을 가진 자 5

2017년 10월 26일 초판 1쇄 인쇄
2017년 10월 31일 초판 1쇄 발행

지은이 덕민
발행인 이종주

기획 팀 이기헌 왕소현 박경무 이승제
책임 편집 김홍식

발행처 (주)로크미디어
출판등록 2003년 3월 24일
주소 서울시 마포구 성암로 330 DMC첨단산업센터 3층 314호
Tel (02)3273-5135 Fax (02)3273-5134
홈페이지 rokmedia.com E-mail rokmedia@empas.com

ⓒ 덕민, 2017

값 8,000원

ISBN 979-11-294-1501-1 (5권)
ISBN 979-11-294-0612-5 04810 (세트)

이 책의 모든 내용에 대한 편집권은 저자와의 계약에 의해
(주)로크미디어에 있으므로 무단 복제, 수정, 배포 행위를 금합니다.

작가와의 협의에 의해 인지는 생략합니다.
잘못된 책은 구입처에서 바꾸어 드립니다.

두 개의 심장을 가진 자

덕민 현대 판타지 장편소설

ROK
MEDIA
로크미디어

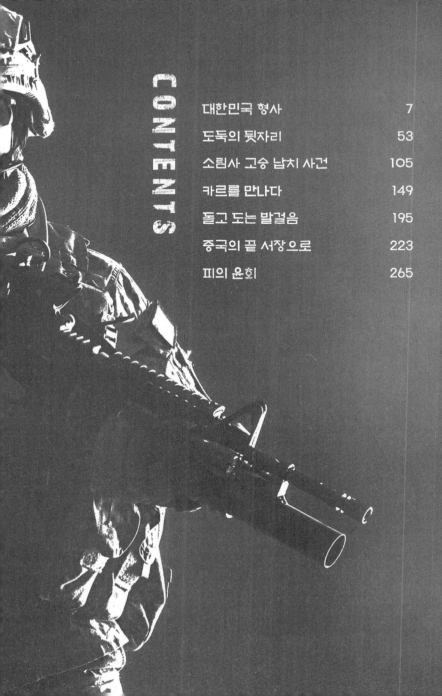

CONTENTS

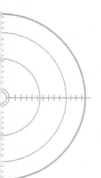

대한민국 형사

웅성웅성─.

소회의실이 갑자기 소란스러워졌다.

형사 책임자 중 일부는 상욱 등을 손가락으로 가리키며 대화를 했다. 수사 회의에 외국인의 참석과 의견 개진에 설왕설래가 오갔다.

탕. 탕. 탕.

상석 중앙에 있던 베이징성 공안청 형사국급 정직 1급경독(한국의 지방경찰청 형사과장) 유진성이 탁자를 두드렸다.

"조용, 손님을 초청까지 해 놓고 실례다. 일단 의견을 들어 보고 싶군."

"1급경독님, 하지만 저들은 외국인으로……."

"그만."

등청량이 반대 의사를 표시했지만 유진성에게 무시당했다.

마이크가 상욱에게 넘어갔다.

"한국에서 온 특수수사대 3팀장 박상욱입니다."

자리에서 일어난 상욱이 그 자신을 소개하며 목례를 했다.

"어쨌든 반갑소. 우리나라 말도 유창하고."

등청량이 대표로 인사를 받았다.

그리고 유진성은 상욱을 보며 코에 걸린 안경을 오른손 검지로 밀어 올렸다.

"일단 보석 박람회장 절도 사건은 참으로 안타깝습니다."

상욱은 말을 하며 메모했던 종이를 들었다. 의식적으로 그에게 집중시켜 시선을 모았다.

"저는 지난 일이지만 박람회 측의 부실 보안을 먼저 꼬집지 않을 수 없군요. 그 첫째가 영상 녹화기의 화각 문제입니다. 아마도 보석 박람회 내방객들이 건전한 남녀 사이만은 아닌가 봅니다. 그렇지 않으면 내부 영상 녹화기 서른 대 중 한 대를 빼고는 박람회장 내부가 아닌 직원 이동 경로, 화장실 등 직원 감시에 집중되어 있으니 말입니다. 분명 내부 녹화를 꺼리는 보석 박람회 측의 의도가 반영된 배치라 판단됩니다. 둘째는 보안 관계자와 절도범과의 연관성입니다. 창문 옆에 설치된 적외선 경보기 위치는 커튼 뒤로 가려져 관계자가 아니면 찾기 힘들어 보입니다. 이런 곳이 다섯 곳인데 도 둑은 망설임 없이 찾아냈습니다."

"잠깐, 말을 끊어 미안하지만 절도 사건과 무관한 일과 막 연한 추정은 하지 않았으면 좋겠소."

등청량이 상욱의 말을 끊었다.

"영상 녹화기 문제는 방범 시스템 문제입니다. 오늘 같은 일이 내일 일어날 수도 있습니다. 당연히 틀린 것은 바로 잡 아야지요. 그리고 모든 수사는 의혹과 의심에서부터 시작됩 니다. 확인할 수 있는 것을 확인하지 않는 것은 범인을 놓아 주겠다는 말과 같습니다."

상욱은 등청량의 말을 조목조목 반박했다.

"등청량 형사부직, 끝까지 들어 보세."

공명후가 등청량을 제지했다.

"알겠습니다."

불복하는 마음이 가득했지만 등청량은 일단 대답했다.

"내가 보기에도 좋은 지적이오, 계속하시오."

유진성까지 나서서 동조했다.

"그럼 계속하겠습니다. 영상을 보았을 때 한 사람은 복면 을, 한 사람은 복면을 하지 않았습니다. 여기에는 분명한 이 유가 있습니다."

상욱은 회의에 참석한 형사 부서 책임자들을 보며 대답을 강요했다.

"······."

대답을 원했지만 그들은 상욱의 말에서 별 의미를 느끼지 못했다. 복면을 쓰고 벗는데 무슨 의미가 있나, 그런 태도였다.

"습관입니다. 도둑질을 해도 습관은 남는 법입니다. 절도 수법 중에 대놓고 도둑질을 하는 경우가 있는데 소매치기가 그 경우죠."

"그것은 막연한 추측이 아니오?"

등청량이 상욱의 말에서 허점을 잡았다고 생각했는지 지적을 했다.

"오늘 여기 계신 분들 모두 영상을 보셨을 것입니다. 복면을 쓰지 않은 사내는 절도 전과자가 아니면 절대 흉내 낼 수 없는 능숙한 솜씨를 발휘했습니다. 따라서 제 말에 신빙성을 갖고, 소매치기를 대상으로 탐문 바랍니다."

"일리가 있소. 또 수사할 사항이 있소?"

유진성이 다시 재촉했다.

"다음은 절도범의 현장 답사와 관련된 사항입니다. 복면을 쓰지 않은 절도범이 CCTV를 지나칠 때마다 인상을 지속적으로 바꾸며 완전한 얼굴을 드러내지 않았습니다. 이것은 사전 답사가 없으면 절대로 불가능한 일입니다. 적어도 2회 이상 보석 박람회장을 살폈다는 뜻이죠."

"그렇다고 해도 누가 다녀갔는지 알 수 없는 일이 아니오?"

유진성이 물었다.

"내부 CCTV는 얼굴 식별이 안 되니 주차장에 설치된 차량 출입 영상 녹화 장치나 보석을 두 차례 매입한 사람들부터 추리면 됩니다. 그들 중에 절도범이나 그 조력자들이 끼어 있을 가능성을 배제할 수 없는 일이지요."

"또 있소?"

"가방 두 개에 보석을 쓸어 담았는데 그 가방에 대해서는 조사를 하지 않더구요."

"가방!"

등청량이 나직이 침음을 흘렸다.

"똑같은 상표에 같은 가방이었습니다. 그 가방을 판 판매자라면 산 사람을 기억할 겁니다. 신용카드나 현금 영수증을 끊었을 수도 있고."

"확실히 그럴 수 있군."

"덧붙이자면 이세탄 백화점의 로고가 붙어 있었습니다."

상욱은 부연 설명까지 했다.

"형사부직."

유진성이 등청량을 불렀다.

"네."

"오늘 한 수 배웠지?"

"끙, 그렇습니다."

등청량은 자존심을 구겼지만 인정할 것은 인정했다.

"업무 명과를 재분배하도록. 절도범과 보안 관계자의 공범관계, 소매치기 전과자 동종 전과, 박람회 2회 이상 출입자, 절도범이 가져온 가방 출처까지."

유진성은 등청량에게 지시를 내리고 자리에서 일어났다. 그는 상욱에게 다가와 악수를 청했다.

"공명후 1급경감에게 유능하다는 말을 들었지만 이 정도일 줄은 몰랐소. 수사에 큰 도움이 되었소. 실례가 되지 않는다면 이번 사건이 끝날 때까지 등청량 2급경독을 도와줄 수 있겠소?"

결국 부탁을 위해 내민 손이었다.

"도움이 될지 모르겠습니다."

상욱이 형사국급 정직 1급경독 유진성의 손을 맞잡았다.

공안청 밖으로 나온 상욱은 옆에 스포츠머리의 사내 등청량을 다시 봤다.

그만한 거구에 이마 양옆으로 튀어나온 태양혈과 강건한 하악골에서 내가 고수의 기운이 풍겼다.

'뭐 그래 봐야 이영철보다 한 수 아래군.'

상욱이 등청량을 가만히 보니 현장 수사를 한 수 배우라는 유진성의 말에 자존심이 상해 입에 자물쇠를 채운 듯했다.

이래서야 뭘 배우기는커녕 의견 충돌이 일어나지 않으면 다행인 상황이다.

등청량은 상욱의 예상대로 화가 나 있었다.

유진성의 말이 그의 자존심을 휴지처럼 뭉개 버렸다. 한국에서 온 형사에게 나이를 물어보지 않았지만 그보다 몇 살은 어려 보였다.

물론 그도 나이에 맞지 않게 서른여덟 살이란 나이에 베이징 공안청 형사과 부직 2급경독(한국 지방경찰청 강력계장급)이란 초고속 승진을 했다.

이러니 일을 배우라는 데는 이의가 있었다.

뭐 공안청 대강당에서 보여 줬던 수사 기법은 나름 감탄한 면이 있지만, 그에게는 중국 형사도 그에 못지않다는 자부심이 있었다.

그래서 무너진 자존심을 살릴 일이 필요했다.

그는 일단 보석 박람회장부터 찾아가 현장을 지휘하는 모습을 보여 주고 싶었다.

그래서 그는 상욱을 비롯한 특수대 3팀을 대동하고 보석 박람회장에 도착했다.

현장 보존 조치만큼은 확실했다. 아직은 공산 정권의 잔재가 남아 있어서 그런지 통제와 명령은 일사불란했다.

등청량을 해당 관할인 조양 공안국(우리나라 경찰서 단위) 형사부직이 맞이했다.

나이 50이 넘은 형사부직과 그 옆에는 그 나이대 중국보옥석협회장도 대동하고 형사 팀장 네 명을 배석시켰다.

협회장은 의외로 웃는 낯이었다.

그는 협회장 사무실로 안내하는 동안 과할 정도로 등청량에게 아부하는 모습이라 상욱은 눈살을 찌푸렸다.

그에 반해 등청량은 당연한 표정이었다.

그리고 협회장 사무실 응접 쇼파 상석에 앉았다. 그 뒤를 따라 관계자들이 앉았다.

등청량은 자리에 앉기 무섭게 협회장을 추궁부터 했다.

"녹화 영상 장치를 왜 박람회장 사각지대만 비추게 했소?"

"……."

협회장은 얼굴이 붉어져 아무 말도 못 했다.

"크흠, 그렇지 않아도 회의 때 지적된 사항이라 따져 물었습니다."

형사부직이 은근히 편을 들었다.

"박람회장에 입점한 피해자들의 상황은 어떻습니까?"

"그 점은 걱정하지 않아도 됩니다. 보석 박람회 입점 조건으로 보험에 가입되어 있습니다."

협회장은 등청량의 말에 답했다.

그의 얼굴에 급박함이 없는 데는 다 이유가 있었다.

"보험회사가 실질적인 피해자인 셈이군요."

"네, 그렇죠."

"보험 관계자는?"

"접니다."

자리한 형사들 끝에서 50대 후반의 양복 차림 사내가 일어 났다.

"우리 안면이 있지 않습니까?"

등청량이 그를 보며 고개를 갸웃거렸다.

"베이징성 충원 공안부에서 형사부직으로 퇴직한 안천호 요."

"아, 안 선배, 이제 기억이 납니다."

"인민보험 보상과 손해사정 과장으로 계십니다."

조양 공안부 형사부직이 나섰다.

"안 선배, 이쪽으로 오시죠."

등청량은 협회장과 안천호의 자리를 바꿨다. 실질적인 피 해자인 인민보험 담당자인 안천호에게 할 말이 있었다.

"따로 부탁하실 말씀이라도 있으신지?"

"단도직입적으로 갑시다. 공개 수배 됐으니 현상금 겁시 다."

"얼마나?"

"10%로 어떻소."

"음, 1,850만 위안……."

안천호는 잠시 말이 끊었다. 그가 결정할 사안의 상한선을 훌쩍 넘은 금액이었다.

"잠시만 기다리시오."

안천호는 자리에서 일어났다. 나가며 휴대폰을 꺼낸 그는 곧장 인민보험 부사장에게 전화를 걸었다.

등청량은 안천호가 자리를 비우자 형사부직과 협회장을 번갈아 봤다.

"내부 공모자 수사는 어떻게 진행되고 있습니까?"

"명단을 제출해 드렸습니다."

협회장이 말하며 형사부직을 보았다.

"명단을 제출받자마자 금융위원회에 입출금 내역 조사를 의뢰했습니다."

"절도범이 중국을 벗어나면 헛수고에 불과하오. 독촉을 하시고, 몽타주 작업은 공안청에서 내일 오전 중에 끝난다 했소. 나오는 대로 조양 공안국부터 보내겠소."

탁.

등청량의 말이 끝내는 순간 안천호가 들어왔다.

"어떻게, 이야기가 잘됐소?"

등청량은 안천호가 앉자 물었다.

"가능하오."

"고맙소 안 선배, 몽타주가 나오는 즉시 현상금을 공개하 겠소."

등청량은 협회장 사무실에 들어온 이래 처음으로 미소를

지으며 손을 내밀었다.

안천호가 악수를 하며 일어났다.

"먼저 일어나겠소. 이 일로 보고할 서류가 제법 되니 말이오."

그 길로 안천호는 나갔다.

상욱은 그 틈에 슬그머니 빠져나왔다.

그러자 등청량이 상욱의 등을 보며 미간을 찌푸렸다.

"화장실 간다고."

이영철이 애둘러 변명을 했다.

박람회장으로 나온 상욱은 몇 가지를 확인했다. 아직까지는 형사들이 박람회장 출입을 통제 중이라 텅 빈 공간을 혼자 점유했다.

박람회장 가운데 서서 베이징 공안청 대강당에서 절도범이 활동했던 녹화 영상을 공간지각하고 재구성했던 상황으로 변했다.

그날 복면을 안 쓴 사내의 움직임을 육체에서 빠져나온 듯상욱의 영혼이 부유하며 재현했다.

영혼의 움직임은 당시 사내의 기분과 내공까지 유추했다. 뱀파이어릭의 마지막 진화 단계인 풀 컨택트가 전개됐다.

에블리스의 권능은 마계와 이계 고란에 이어 지구에서 활짝 폈다.

그러길 한참.

툭.

"팀장님."

이영철이 다가와 상욱의 어깨를 건드렸다.

상욱의 뱀파이어릭이 깨졌다.

확인할 상황은 이미 확인을 하고 두 번째 재구성을 하던 터라 상욱은 미련 없이 돌아섰다.

등청량이 보옥석협회장과 형사부직 그리고 안천호의 배웅을 받으며 나오고 있었다.

"나 나온 뒤로 특별한 말은 없었지?"

"저들 수준이 우리나라 90년대 발로 뛰던 그 시절과 똑같습니다. 뭔 진전이 있겠어요. 하품만 나와 졸려 죽는 줄 알았습니다."

이영철이 투덜거렸다.

"그래도 등청량은 추진력이 제법이던데. 중국 사정이 어떤지 몰라도 보험회사에 현상금 10%를 내라고 하는 건 솔직히 놀랐어."

"하기는, 30억이 작은 돈이 아닌데…… 어쨌든 저는 그 돈을 내놓은 중국 보험회사가 더 놀랍던데요."

"우리는 두 사람이 하는 말이 더 놀랍군."

김명관이 오영길과 차동현을 대표해 불만 가득한 얼굴로 둘의 대화에 끼어들었다. 중국 말을 모르는 세 사람은 갑갑하기만 했었다.

"가면서 설명해 드려."

상욱은 다가오는 등청량을 상대하려 먼저 자릴 떴다.

중국에 와 바빠진 이영철이었다. 저녁에는 또 이철로가 기다리고 있었다.

등청량은 또 이동을 했다.

이번에는 조양 공안부 형사들 다섯을 대동했다. 형사 차가 20분을 달려 도착한 거리는 번화가 왕부정王府井이었다.

차가 들어가지 못하는 관광 거리라 다들 내려 걸었다.

"어디로 가는 겁니까?"

상욱은 등청량에게 다가가 물었다.

"보면 알 거요."

돌아온 등청량의 답이 까칠하기 그지없었다.

등청량은 그 나름대로 소심한 복수를 했다. 일개 소국의 형사가 감히 그가 친히 데려간 사건 현장에서 말없이 이탈하다니, 있을 수 없는 일이었다. 발걸음을 더 빨리했다.

10분을 더 걷자 길 옆 양쪽으로 장사진을 이룬 노점에서 음식 냄새를 풍겼다. 그 냄새를 쫓아 관광객들과 시민들이 뒤섞여 음식 컵이나 꼬치를 들고 있었다.

"사람들 많네."

김관명이 끝이 보이지 않는 노점 사이로 서 있는 사람들을 보며 놀라워했다.

"노북풍정가老北風情街는 저녁이 장관이죠."

중국 형사들 사이에서 형사 한 명이 한국어로 설명했다.

"응?"

김관명이 그 형사를 보며 의문을 품었다.

"장광수입니다. 말단이라 눈치를 봐야 살아남죠."

대여섯 걸음 앞에서 걸어가는 등청량에게 턱짓을 하는 장광수다.

"그러고 보니 당신은 베이징 공안부에서부터 따라왔지 않소."

김관명이 물으며 인상을 썼다.

"제가 통역이기는 하지만 저분이 등청량 경독의 역린을 건드려 놔서…… 게다가 눈치까지 없으신지 필요 없는 행동과 말을 자꾸 하시네요."

이번에는 사내가 상욱을 가리켰다.

"그 말은 우리 박 팀장 입을 막아 달라……?"

김관명은 고갤 돌렸다. 결국 이자 역시 필요에 의해서 입을 열었다. 협조는커녕 이대로 돌아가 버리겠다는 말이 턱밑까지 찼다.

그는 꾹 참고 등청량 뒤에서 걷는 상욱에게 갔다.

"팀장."

"네."

"이들 수사는 물 건너갔네. 딱 봐도 누구를 만나러 가는데 이쯤에서 물러나지."

김관명은 대놓고 불만을 드러냈다. 그만큼 심기가 불편했다.

"저는 재미있네요. 어디를 찾아가 협박할 기세네요."

상욱은 웃음까지 지으며 느긋했다.

등청량이 형사들을 앞세우고 미로 수준의 골목을 거침없이 갔다. 목적지가 정해져 있는 발걸음이다.

한참을 걸어 일행은 황금빛으로 도배한 중국 고풍을 간직한 대문 앞에 섰다.

고림만물古林萬物.

청나라 시절부터 자리한 북경시장의 명물로 현재의 백화점과 같은 곳이다. 다만 판매하는 물건들이 입수 경로가 정상이 아닌 것이 적지 않았다.

즉, 고림만물은 비공식적 허가를 받은 흑점黑點이었다.

등청량은 그 안으로 거침없이 들어갔다. 모양새가 한두 번 와 본 것이 아니었다.

백화점 코너를 방불케 하는 상점들을 지나쳐 들어간 사무실 안에는 넓은 공간에 탁자 하나를 두고 좌우로 나무 의자가 나란히 있었다.

그곳에 건장한 사내들 다섯 명이 우측 의자를 비워 두고 앉아 있다 일어났다.

"어서 오십시오. 등 형사부직."

탁자 옆에서 차를 마시고 있던 60대 중반 노인이 일어섰다. 그는 탁자 건너편 자리를 등청량에게 권했다.

"마 점주店主, 오랜만이오."

등청량은 마 점주란 자와 인사를 나누었다.

점주 마금평은 웃는 낯이었지만 눈은 싸늘했다. 그는 오늘 등청량이 방문한다는 말을 듣고 뒷목을 잡았다.

10년 전에 흑사회 일로 뒤를 잡힌 이후로 명절이나 행사 때 상납 내지 진상을 했다. give & take라고 간간히 고급 정보를 흘려주는 등청량이고 보니 칼로 썰 듯 안면을 바꿀 수도 없었다.

또 오늘의 요구 사항은 무엇일지 골치가 아픈 그였지만, 허투루 접대를 하자니 하지 않느니만 못해 단단히 준비까지 시켜 놨다.

'쓰불, 한 달 전 국경절國慶節 약발이 가시기 전에…….'

방문 목적을 미처 묻지 못해 어떤 말이 나올지 불만이 가득한 마금평은 침만 꿀꺽 삼키며 등청량의 처분을 바랐다.

등청량은 자리에 앉아 차를 한 잔 마시며 마금평의 진을 빼 놓고는 턱으로 상욱 등을 지목했다.

"마 점주, 오늘 베이징 공안청이 인정할 만한 손님이 오셨소. 범죄와 관련해 강의차 세미나에 참석한 한국의 형사들이오."

그리고 그는 뜬금없이 상욱 일행을 소개했다.

두 개의
심장을
가진 자

"그렇습니까? 고림만물을 책임지고 있는 마금평이오."

마금평이 일어나 포권을 했다.

"박상욱 형사팀장입니다. 이들은 저희 팀원이고요."

그러자 상욱도 덩달아 자리에서 일어나 인사를 해야 했다. 마금평 눈빛에 '이제는 하다하다 외국 놈들까지 데려와 삥을 뜯냐.' 하는 불만이 가득 들어차 있다.

그것을 아는지 모르는지 등청량은 제 할 말만 했다.

"그런데 어제 좋지 않은 일이 생겼소."

"혹 티브이에 나왔던 보석 박람회장에 도둑이 든 일 말입니까?"

마금평이 조심스럽게 물었다.

고림만물은 흑점이다. 공안의 의심에 시선이 이쪽으로 뻗치면 사업에 지장을 받기 마련이다.

"잘 알고 계시군. 그래서 말인데……."

등청량의 손이 옆으로 향했다. 그러자 공안청 형사가 종이 몇 장을 건넸다.

"이런 물건이 들어오면 연락을 주시오. 그리고 이와 연결해서 부탁이 있소."

"말씀하시죠."

마금평이 보기에 등청량이 용무를 말했으니 본색을 드러낼 차례였다.

"사람을 좀 씁시다."

등청량의 말에 마금평은 잠시 고민하는 모습을 보이다가 뒤돌아보며 말했다.

"차가 식었다. 손님들의 차를 새로 내야겠어."

그는 옆쪽에서 대기하던 사내들 중 머리카락을 노랗게 염색한 자에게 시선을 두었다. 그가 공안청 형사들을 좌측에 두고 우측을 봤으니, 고림만물 사람들 외에는 알 수 없었다.

노랑머리 사내는 마금평과 시선을 맞추고 고개를 미미하게 끄덕였다.

"네, 점주님."

그러자 마금평의 말에 대한 대답을 다른 자가 했다. 그자는 차가 든 주전자를 가져왔다.

상욱은 고림만물에 들어오면서부터 노란머리 사내를 은밀히 주시하고 있었다.

물론 지나는 눈길로 슬쩍슬쩍 봤다.

약간은 동글동글한 몸매와 얼굴, 끝이 쳐진 눈썹과 차분한 눈이다. 노랗게 물들인 머리카락만 아니면 천생 범생이었다.

다만 둥근 몸매에 숨겨진 다부진 체격과 불쑥 솟은 관자놀이 부위 그리고 간간이 풍기는 기세로 일류 고수라는 것을 짐작케 했다.

등청량도 노랑머리가 신경 쓰이는지 몇 차례 힐끗 쳐다봤다.

"마 점주, 답을 주시오."

등청량이 재촉을 했다.

"휴~우, 저희 쪽이 의심을 털어 내려면 아무래도 협조를
해야겠죠?"

"지당한 말씀."

"알겠습니다. 그러면 어떻게 도움을 드려야 하겠습니까?"

마금평은 결론을 내리자 협조에서 도움으로 말을 바꾸었
다.

"도움이라…… 뭐 이것도 빚이기는 하지."

심기가 불편한지 등청량은 떠보듯 중얼거리곤 말을 계속
했다.

"하북성의 장물아비들을 쫓아 주시오. 훔쳐간 장물은 배
낭으로 두 개요. 베이징 직할시와 하북 전역의 도로 곳곳을
차단해 검문을 하고 있으니 쉽게 장물을 빼돌리지 못할 것이
오. 그러니 천생 장물을 처분할 수밖에 없소."

"하오면 언제까지."

"당연히 범인이 잡힐 때까지 아니오."

"이거 너무나 시간이 오래 걸릴 수도……."

"뭐요! 지금 베이징 공안청을 무시하는 처사요?"

"어찌."

마금평은 손사래를 치며 부인했다.

"적어도 일주일 안에 내 손으로 잡아넣을 것이오."

등청량은 호언장담을 했다.

'일주일이라.'

상욱은 내심 혀를 찼다.

도둑을 잡아도 문제가 되는 시간이다. 피해품 회수가 불가능해진다. 그사이 도둑이 피해품을 장물로 넘기기 충분한 시간일 뿐 아니라 도망가기에도 충분한 시간이다.

어째 미제 사건이 될 냄새가 솔솔 풍겼다.

'내 사건은 아니지만 허송세월이 되는 것도 싫은데……'

상욱이 검지로 턱 끝을 긁적이는데 등청량이 의자에서 일어났다.

"나는 고림만물에서 적극적인 협조를 해 줄 것으로 알고 가겠소."

"네, 그런데 벌써 가십니까?"

"일이 일이니 만큼 시간이 없소."

"허허, 안타깝습니다. 모처럼 오셨는데…… 고생하시겠습니다."

등청량의 말에 마금평도 일어나 배웅을 했다.

상욱과 특수대 3팀도 의지 없는 인형처럼 따라 일어났다. 몇 걸음 걷지 않아 등청량은 상욱을 봤다.

"저희 공안은 민간인과 유대 관계가 끈끈합니다. 이런 민관 관의 공조 체계는 큰일이 났을 때 빛을 발하오. 어떻소?"

등청량의 말에 상욱은 고개를 돌려 잠시 등청량을 보며 건성으로 답했다.

"대륙은 민관 유대 관계가 좋습니다."

'아직도 빨대를 꽂고 말이지.'

속으로 비아냥거리며 상욱이 이영철을 봤다. 그러자 이영철이 호들갑을 떨었다.

"아이쿠, 핸드폰을 놓고 왔네. 먼저들 가십시요."

그러더니 방금 전에 나온 고림만물로 뛰어갔다.

"왜 저러는 것이오?"

등청량이 멈춰 서서 상욱에게 물었다. 이영철이 한국말로 말했으니 알 턱이 없었다.

"휴대폰을 놓고 왔답니다."

그 말에 등청량이 피식 웃었다.

"사람이 정신을 어디에다가 놓고 다녀?"

혼잣말로 중얼거리며 앞서 나갔다.

한편 이영철은 고림만물 입구까지 뛰던 걸음이 느긋해졌다. 상점 내부를 지나 마금평이 있던 사무실 가까이에서는 내공마저 끌어 올려 내부에 집중을 했다.

"문 사부, 등청량의 말마따나 일주일이나 공안청 뒤치다꺼리를 하게 됐으니 어이가 없습니다."

마금평이 노랑머리 사내에게 푸념을 했다.

"종리 대형에게 말씀 올리겠지만 그자의 말처럼 우리가 의심의 눈길을 벗어나려면 아무래도 협조할 수밖에. 그리고 감히 우리 허가 없이 영업하는 놈을 놔둘 수는 없는 일이다."

문 사부란 노랑머리가 마금평에게 말했다. 그 말은 열린 사무실 밖까지 들렸다.

이영철이 몇 마디 더 들으려는데 문 사부란 자와 눈이 부딪쳤다. 그러난 그는 표정을 바꾸지 않고 난처한 얼굴로 노크를 했다.

"무슨 일이오?"

마금평이 눈살을 찌푸리며 물었다.

"핸드폰."

이영철이 한국말로 말하자 마금평의 얼굴이 풀어졌다.

"조금 전 한국에서 왔다는 형사군."

그가 안도하는 데는 이유가 있었다. 고립만물은 노랑머리 사내 문 사부의 손아귀에 쥐어져 있었다. 이 사실을 베이징 공안청이 알아서 좋은 일이 아니다.

세금 문제부터 뇌물 상납까지 범죄에서 비켜나려고 마금평을 바지로 세워 놨으니 말이다.

이영철은 사무실 의자 끝에 놓인 핸드폰을 보며 입에 미소를 그렸다. 그리고 오른손 검지로 핸드폰과 그를 번갈아 가리키더니 핸드폰을 집었다.

어설픈 미소와 함께 핸드폰을 보이며 그대로 밖으로 나왔다.

"당신."

문 사부란 자가 이영철 뒤에서 불렀다.

두개의
심장을
가진 자

하지만 이영철은 반응하지 않고 그냥 사무실로 나갔다. 그렇게 한참을 걸어 고림만물을 나가서 뒤를 돌아봤다.

"새끼, 하마터면 돌아볼 뻔했네."

이영철을 상욱을 향해 발걸음을 빨리했다.

그가 타고 왔던 차로 돌아오자 등청량과 같이 탔던 차는 가고 없었다.

다만 상욱과 특수대 3팀 그리고 베이징 공안청에서 나온 장광수란 형사가 봉고차 앞에 서 있었다.

"다들 갔습니까?"

이영철이 기가 막힌 표정을 지었다.

"바쁘다며 먼저 갔네. 저녁에 탐문 수사를 나간다며 우리는 숙소에서 쉬라네."

김관명이 턱 끝으로 장광수를 가리켰다. 장광수가 통역해 줬다는 뜻이다.

"예정에도 없는 사건 개입에 하루가 피곤했어. 차라리 잘됐지 뭐. 갑시다."

상욱이 무덤덤하게 말하고는 그대로 봉고차에 탔다. 그러자 장광수가 지켜보고 있더니 운전석으로 갔다.

맨 뒷좌석에 탄 상욱은 옆자리에 앉은 이영철에게 작은 말로 물었다.

"어때, 노랑머리?"

"저는 형님이 전음으로 핸드폰을 놓고 찾으러 가라고 했을 때 이유를 몰랐는데 도착해 보니 그 까닭을 알았습니다."

"사족 달지 말고 보따리나 풀어."

상욱이 재촉했다.

이영철은 고립만물에서 보고 들었던 것을 상욱에게 말했다.

"마 점주란 자는 고립만물 바지고, 노랑머리 그자가 실질적인 운영자 같더라고요. 그런데 그건 절도 사건과 큰 연관이 없지 않나요?"

"그냥 궁금했어. 혹시 또 아나? 나중에 그들과 거래할 일이 있을지도."

"에이, 설마요."

"하는 말이 그렇다는 것이지."

상욱은 실없이 웃으며 눈을 감았다. 오늘 상황을 정리할 필요가 있었다.

늦은 저녁이 되어 호텔 숙소로 돌아온 상욱은 이영철과 같이 덕치와 이철로 그리고 송면 형제를 방문했다.

"갔던 일은 잘 풀렸던가?"

이철로가 묻자 다른 세 사람이 귀를 쫑긋 세웠다.

초대형 절도 사건 때문에 중국 베이징성 공안청에 상욱을 비롯한 특수대 3팀이 초빙 형태로 갔다. 이 일은 그들의 일정과 관련된 일이라 관심이 많았다.

"중국이나 한국이나 형사 일은 다 똑같습니다. 정답이 딱 떨어지는 일이 아니죠. 하루 이틀에 해결될 일이 아닙니다."

"그럼 중국 형사들을 도와 일할 생각인가?"

"저희야 외국인일 뿐입니다. 또한 북경에선 행사 일정도 며칠 잡혀 있지 않습니다."

"괜한 일에 얽히지 않으니 잘됐군. 그런데 밤이 늦었는데 웬일로 스스로 다 찾아왔는가."

이철로가 별일이다 싶었다.

"영철이."

상욱은 이영철을 불렀다.

"네."

"오전에 녹화했던 영상을 재생해 봐."

이영철은 휴대폰을 꺼내 탁자 위에 올려놨다. 그리고 박람회장 내부를 전체적으로 찍은 영상을 재생했다.

덕치가 먼저 탁자로 가 관심을 보이자 이철로와 송면 형제가 붙었다.

네 사람이 말없이 보더니 송면 형제가 흥미를 잃고 떨어져 나갔다. 다음이 이철로였다. 다만 덕치만이 마지막까지 관심을 보였다.

"균형이 잘 잡힌 보법인디."

영상을 다 본 덕치가 중얼거렸다.

권장을 쓰는 덕치라 검과 무기를 쓰는 이철로와 송면 형제에 비해 관심이 많았다.

"무슨 무공인지 알겠습니까?"

"짱퀘 새퀴들 무공이야 거그서 거그지."

덕치는 허리를 구부정하게 접었다. 그러곤 펄쩍 뛰었다가 공중제비를 돌았다.

도둑 중 중년 사내의 움직임 중 일부였다.

"몸 쓰는 것이 틀렸네."

이철로가 손가락을 흔들었다.

"그람 니가 흉내를 내 보든지."

덕치가 발끈했다.

"중국 무공을 폄하만 할 것이 아니야. 무리武理가 우리하고 다를 뿐이지."

"흥, 난 척하지 말란께."

덕치가 벌떡 일어나자 이철로도 따라 섰다. 또 감정이 불거져 주먹다짐을 할 기세다.

"둘 다 앉으시죠. 엊그제 싸움을 하면 개 뭐라 하시지들 않았습니까?"

"누가 뭐랬당까?"

덕치가 상욱의 말에 이철로를 째려봤다.

"어른인 내가 참아야지."

이철로가 말을 하곤 먼저 등을 돌려 버렸다.

덕치는 이 상황이 머쓱할 만도 하건만 오히려 좋아했다. 그러며 녹화 영상을 따라 흉내 내기 시작했다.

"정신 사납게 다 늙어 원숭이처럼 재주를 넘어."

송만이 상욱 옆에서 혼잣말을 했다.

그 말에 상욱이 멈칫했다.

덕치가 확연하게 차이가 나기는 하지만 재현하는 것을 보니 한 가지 가능성이 열렸다.

"이 선생님."

상욱은 이철로를 불렀다.

"시킬 일이 있는가?"

이철로가 나근나근하게 답했다.

주는 게 있으면 받을 것도 있는 법. 더구나 기분 나쁘면 이 씨 아저씨를 남발하는 상욱이다. 그런 그의 부탁이라면 언제나 환영이었다.

"방금 전 말을 들으니 중국 무공에 대해 견해가 있어 보이던데……."

"내가 중국의 무림 인사 중에 몇과 내외를 하고 있기는 하네."

이철로는 상욱이 묻고자 하는 바를 먼저 말했다. 필시 덕치가 흉내 낸 무공에 대해서 물을 만한 사람을 찾고 있음이다.

"내외한다는 사람 중에 이 호텔에서 가까이 사는 지인이 있습니까?"

"조건이 있네."

"말씀하십시오."

"자네 동행은 나 혼자일세."

"좋습니다."

상욱이 결정을 내렸다.

"아따메, 그란 게 어딧 있얀께."

덕치가 불쑥 화를 냈다. 재미있는 일에 그를 떼어 놓으려는 이철로가 미운지 얼굴이 붉으락푸르락이다.

"여기 있습니다."

상욱이 덕치를 털어 냈다.

"그럼 나는 연락해 놓겠네."

이철로가 승자의 미소를 지었다.

"그래 주십시오. 그리고 지인분은 어디서 살고 계십니까?"

"여기 북경일세, 택시로 10분이면 가네."

"멀지 않아 다행입니다."

"언제 만났으면 좋겠는가?"

"내일 저녁에 만나기로 하죠."

상욱은 아예 시간까지 못 박았다.

원래 절도 사건에 손을 안 댔으면 모를까, 개입한 이상 중국 공안에게 대한민국 형사의 능력을 제대로 보여 주기로

두 개의
심장을
가진 자

했다.

하지만 다음 날도 상욱은 등청량의 뒤에서 여기저기 쫓아
다니는 일은 피할 수 없었다.

길거리에서 흔히 마주칠 인상의 사내는 베이징 호동胡洞의
골목을 거침없이 걸었다.

거미줄처럼 얽힌 길이지만 분별이 확실해 한두 번 와 본
길이 아니라는 것을 알 수 있다.

막다른 골목에 이르자 대저택이 나왔다.

고풍스러운 대문에 붉은 글씨로 쓰인 편액에 쓰인 세담루
踐湛樓라는 세 글자가 술 마시고 기생을 대는 청루의 존재임
을 알렸다.

끼이익.

사내가 문을 밀자 비명을 토했다. 술이 넘쳐 난다는 세담
이 무색했다.

"문단속을 하는 시늉이라도 하라고 해도."

사내는 혀를 차며 저택 안으로 들어갔다. 깨끗한 마당에
반듯한 건물들이 보였다.

그런데 낮이라 청소하는 사람들이 있으련만 조용하기 그
지없었다.

사내는 그 마당을 지나쳐 건물 안으로 들어갔다. 실내도 외부와 별반 다르지 않았다. 고풍스러운 중국의 모습을 그대로 보여 줬지만 여전히 사람의 흔적은 찾을 수 없다.

그는 곧장 거실 맞은편의 방문을 열고 들어갔다.

서재였다. 사면에 책장이 놓여 있고 각종 고서들이 꽂혀 있었다.

사내는 대충 사방을 둘러보고는 좌측 책장을 밀었다.

스르륵.

부드럽게 밀린 책장 뒤에는 2미터 크기의 엘리베이터가 있었다. 그는 건물과 전혀 어울리지 않는 이것을 타고 버튼을 눌렀다.

잠시 후 엘리베이터 문이 열렸다. 그러자 환한 빛이 사내의 눈을 찔렀다.

지하라는 예상과 달리 벽면은 모니터로 도배되어 있고 화면은 서른 개의 룸과 세담루의 내외를 비췄다. 이 모니터를 사내 넷이 의자에 앉아서 지켜봤다.

그중 가장 나이 들어 보이는 50대 중년인이 화가 잔뜩 난 얼굴로 돌아앉았다.

"야, 장진명."

"왜?"

장진명이라 불린 사내는 반말로 능글거렸다.

"쥐 죽은 듯 움직이지 말라고 했지."

장진명의 반말 따위는 으레 있던 일이다. 개의치 않았고 하고 싶지도 않았다. 다만 중년인은 조직을 저해하는 천방지축인 행동을 질타했다.

"흥, 종 따위가. 위이무, 당신이나 잘해."

장진명이 같잖다는 표정을 짓더니 우측에 있는 문을 열었다.

쾅.

거칠게 문이 닫히자 중년인 위이무보다 다른 세 사내들 얼굴이 벌게져 자리에서 일어났다.

"대주隊主, 이대로 넘어갈 수 없습니다. 으드득."

호상虎狀을 지닌 사내가 이를 갈았다.

"앉아라, 어쩔 수 없지 않느냐. 그와 우리는 소속도 다르고 엄밀히 따지면 그가 나보다 위에 있는 것은 사실이니까."

"그래도 이건 아니지 않습니까? 저 개자식은 그날도 준비해 놓은 작업복은커녕 복면도 쓰지 않고 제멋대로였습니다."

"말조심해라, 그가 누구의 혈족인지 잊었느냐?"

위이무는 호상인 사내의 말을 듣다 버럭 화를 냈다. 그러자 사내는 맥이 빠져 자리에 앉았다.

"다 너를 위해 한 말이다. 화는 입에서 나오는 법이야."

부하가 화내는 이유를 알고 있는 위이무라 다독여 주었지만 대화는 거기서 끊겼다.

장진명은 제법 긴 회랑을 걸으며 들려오는 불만에 피식 비웃었다.

"병신들."

그는 쫓아가 화를 퍼부어 주려다 그냥 걸었다. 어제 클럽에서 만난 계집과의 화끈한 하룻밤 여운을 짜증으로 날리긴 싫었다.

회랑 끝은 막다른 문 하나가 전부였다.

똑. 똑. 딸깍.

그나마 예의를 차린다고 한 노크.

그러나 장진명은 상대방 동의 없이 문을 벌컥 열었다. 방 안은 넓지는 않았지만 화려했다.

고대의 황후에 침실 같은 화려함과 장식으로 도배되어 있었다.

이 침실에 여자 세 명이 있었다. 나의를 입고 침대에 누운 여자를 두 명의 젊은 미녀가 안마를 하는 중이었다.

얇은 망사 나의를 입고 드러누운 여자가 고개를 돌렸다.

"왔느냐?"

30대 초반으로 보이는 여자는 정말 예뻤다. 사내라면 이 풍만한 몸매와 시원한 외모에 반하지 않을 수 없었다.

"응, 이모."

나이를 더 먹어 보이는 장진명이 여자를 부르는 호칭치고는 이상했다. 어쨌든 그는 손을 내둘러 안마를 하는 여자들

두 개의
심장을
가진자

을 물렸다. 그러고는 침대에 앉아 이모란 여자의 어깨를 주물렀다.

"시원하구나. 아니, 그만 됐다."

여자는 손을 들더니 몸을 돌려 일으켜 세웠다.

"화나셨어요?"

장진명이 이모 눈치를 봤다.

"똑바로 앉아라."

이모, 위지대부인의 눈이 얼음장처럼 변했다.

"장군께서 너를 부른 이유는 황충혈蝗蟲穴에서 널 쓰기 위해서다."

"알고 있습니다."

"하면 어찌 일을 그렇게 했더냐?"

"무엇을 말입니까?"

"정녕 모르는 것이냐? 보석 박람회장에서 바보처럼 군 행동으로 꼬리가 물렸다."

"이 넓은 대륙에서 나처럼 평범하게 생긴 놈이 한둘입니까, 영상 몇 조각으로 저를 찾는다고요? 흥."

"하아, 너에게 물려줄 서혈西血이란 조직이 왜 만들어졌는지 귀에 딱지가 앉도록 말했다. 구파 놈들에게 천산파의 혈채를 갚고 대륙에서 우뚝 서기 위함이라고 않았더냐. 그러기 위해서는 황충혈의 힘이 절실하단 말이다."

"그런데 제가 황충혈의 말초신경을 건드렸다 이 말입니

까?"

"그따위로 일을 하고는 지금 내게 화를 내는 것이냐?"

위지대부인의 눈에 서릿발이 섰다.

"……."

장진명은 입을 다물었다.

"후-우, 너의 그릇이 그만한 것을 누굴 탓하겠느냐. 그냥 내일 서장으로 돌아가라."

"이, 이모."

"됐다."

위지대부인은 입을 닫고 돌아누워 버렸다.

어차피 공안에서 장진명의 꼬리를 잡았다. 서장으로 돌려보내야 할 이유가 됐고, 이걸 빌미로 한 질타에는 장진명이 정신을 차렸으면 좋겠다는 뜻도 담겼다.

한동안 침묵을 지키던 장진명이 힘 빠진 목소리로 말했다.

"알겠습니다, 이모."

돌아누운 위지대부인을 보며 그는 고개를 숙이고 방을 빠져나왔다.

탁-.

문을 닫은 장진명이 등을 문에 기대고 눈을 감았다. 오래전 과거가 떠올랐다.

그가 열 살이 되던 해 어느 날이었다.

'야 이년아, 저 애새끼를 언제까지 데리고 있으려고.'

지금까지 아빠로 알고 있던 거친 사내의 목소리.

'마님의 아들에게 애새끼라니. 야 이 새끼야, 거둬서 먹였더니 어디서 기둥서방 노릇이야.'

까칠하기만 한 엄마로 알았던 여자의 답.

그리고 1년 후, 엄마라 알고 있던 까칠한 여자는 위지대부인을 보며 마님이라 불렀다.

그날 위지대부인은 그를 꼭 안더니 이모라 부르라 말했다.

'후-우, 어머니, 건강하세요.'

장진명은 그보다 젊어 보이는 위지대부인을 생각하며 문에서 등을 뗐다.

베이징에서 미종迷蹤 종리 가문은 근 500년 세월 동안 성세를 구가해 왔었다.

본래 무가에서 출발해 반청복명의 기치를 든 천지회의 일원이었으나 중조中祖인 종리영이 청나라에 등청을 함으로써 절강성 동관 황갱촌에서 하북으로 이주를 했다.

그 후 황제의 직속부대인 팔기군八旗軍 중 정황기正黃旗의 번주를 역임한 이래로 후손들 역시 대대로 자금성에서 군부의 중심에 있었다. 그러다 모택동이 추진한 중국 문화대혁명 당시 정치 권력투쟁에서 밀려나 가세가 급격히 기울었다.

근래에 들어 다시 중흥을 맞고 있었으니 그 중심에는 종리세가의 현 가주 종리만형이 있었다.

세간에서는 그를 수호지의 108 요괴 중 하나인 연청의 재림이라 부르고 연청붕권燕青崩拳이라 칭했다. 연청은 미종권의 대가로 알려져 있는데, 종리만형 역시 이 미종권迷蹤拳의 대가였다.

미종권에 대해서는 여러 설이 있으나 소림사의 긴다라왕이 철곤을 들고 함께 펼쳤던 권법이 가장 유력한 설로, 중국에서 주먹을 중시하는 북파北派 무술의 최고봉 중 하나였다.

그리고 종리세가의 큰 사업은 베이징의 밤거리로, 불야성의 베이징은 그들의 것이었다.

늦은 밤.

북경 중심지 한복판에 자리 잡은 이 종리세가. 붉은색 넓은 대문 위에 편액에 천추天樞 종리綜理라는 황금빛 글자가 화려하게 새겨져 있었다.

그리고 길 건너 20미터 높이의 촘촘한 밝은 가로등이 종리세가의 위용을 말해 줬다.

이철로와 상욱 그리고 이영철이 택시에서 내려 종리세가 대문으로 다가가자 대머리에 덩치 큰 비계 형님들이 앞을 막아섰다.

"어디서 온 누구시오?"

그나마 그들 중 인상이 좋은 중년 사내가 나섰다.

"한국에서 온 이철로라고 하네. 종리 동생하고 연락은 했네만."

이철로가 중년 사내에게 말했다.

"가주께서 기다리고 계십니다."

중년 사내는 포권을 하며 허리를 숙이곤 뒤를 향해 턱으로 신호를 했다. 그러자 굳게 닫쳤던 대문이 활짝 열렸다.

"와우, 이것이 정원이야 궁궐이야?"

이영철은 열린 대문을 들어서기 전에 보이는 전경에 탄성을 토했다. 그림이 그곳에 펼쳐져 있었다.

20미터가 넘는 가로등 불빛이 담 너머로 비치는데 너무 밝지도 어둡지도 않았다.

넓은 연못이 양쪽에 있고 그 사이에 다리가 출입구로 놓였다. 폭이 10미터는 될 다리는 걸어서 2, 3분은 걸어야 할 거리였다.

여기에 연못에서 피어오른 물안개가 안쪽으로 점점 어두워지는 세가에 신비감을 더해 줬다.

이철로가 앞장을 서 몇 걸음 걷자 연못 양쪽 쉼터에 여자 둘이 초롱을 들고 발길을 환하게 밝혔다.

누가 봐도 최고의 대우였다.

다리의 끝에 서자 콧수염을 기른 40대 후반의 중년인이 앞에 마중을 나왔는데 다부진 체격에 비해 청수한 모습이 예사롭지 않았다.

그 뒤 반걸음 뒤로 동행한 부인과 호위를 자처하는 십여 명의 사내들이 반듯이 서 있었다.

"이 형."

중년인은 이철로를 향해 양팔을 벌렸다.

이철로 역시 중년인 종리만형에게 다가가 포옹을 했다.

"이게 몇 년 만이오?"

"7년? 8년 됐나?"

"아무튼 반갑소. 여기서 이럴 게 아니라 들어갑시다."

종리만형이 포옹을 풀며 안채로 이끌었다.

바깥만큼이나 실내도 화려했다.

궁중 건축의 주류라 할 수 있는 원림 형태로 연못을 만든 만큼 실내도 명나라 시절에 주례의 고공기考工記를 따랐다.

백 명이 연회를 열어도 될 넓은 거실과 좌측의 응접실, 우측 식당 그리고 중앙 계단을 통해 2층에 이르러서는 수많은 방들이 보였다.

직사각형의 기본 틀에 좌우 대칭의 균형을 잡아 엄정하고 방정한 느낌이 들었다. 거기에 황금빛으로 장식된 실내에는 부富의 상징들을 여기저기 붙여 놨다.

종리만형은 이 거실 중앙의 원형 대형 탁자에 음식을 깔아 놓고 이철로에게 자리를 권했다.

"앉읍시다, 이 형."

"그러세."

이철로는 웃으며 이영철을 보자, 이영철이 손에 들고 있던 꾸러미를 종리만형 옆에 있는 부인에게 건넸다.

"제수씨, 한국산 화장품입니다."

이철로가 말하고는 앉았다. 그러자 종리만형 내외는 감사를 표하고 옆자리에 앉았다.

"자, 한잔 받으시지요."

종리만형이 술병을 들어 이철로에게 권했다. 세 순배가 돌자 상욱과 이영철을 보며 종리만형이 물었다.

"못 보던 자들인데 제자로 보이지는 않고…… 누구요?"

"그렇지 않아도 소개하려 했네. 박상욱, 이영철이라 하네. 쟁천에서 특이하게도 경찰 일을 하고 있는 친구들일세."

"경찰? 아, 공안. 참~나, 나를 만나러 온 것이 아니라 이 사람들 일 때문에 왔구려. 그래도 손님은 손님."

종리만형은 자리에서 일어나 포권을 취했다.

"종리만형일세."

"박상욱입니다."

"이영철입니다."

둘 다 중국 말로 자신을 소개했다.

"호오, 외사外事 일을 하는 분들이신가?"

"형사 업무를 하고 있습니다."

"우리나라 사람이라고 해도 믿겠군. 말이 아주 유창해. 이 것도 인연이니 내 작은 선물 하나 줌세."

짝. 짝.

종리만형이 말을 하며 박수를 쳤다.

"네, 가주."

멀찍이 서 있던 호위 중 한 명이 대답을 하고 왔다.

"8자로 두 개를 가져와."

종리만형이 명령을 하고는 연거푸 술 석 잔을 따라 줘 상욱과 이영철이 마시게 했다.

그사이 호위가 금박에 빨간 줄이 그어진 폭이 좁은 상자를 가지고 왔다.

그것을 받은 종리만형이 상자를 열어 상욱과 이영철 앞에 놓았다.

그 안에는 8자 체인으로 된 순금 목걸이가 있었다. 금 열 냥은 되어 보여 상당한 금액이다.

이영철이 상욱을 봤다. 그는 눈으로 받아도 되는지 물었다.

"꼭 발복發福하겠습니다."

상욱이 일어나 목례를 했다.

"하하하, 선물을 맘에 들어 하니 좋군."

종리만형이 호쾌하게 웃었다.

상욱이 선물의 의미를 제대로 알고 받으니 말이다. 중국에서 8이란 숫자는 발복과 발음이 같다.

그래서 종리만형은 순금으로 8자 체인 형태로 여든여덟 개의 체인을 연결해 특별한 손님들에게 선물하곤 했다.

그가 손님인 상욱과 이영철에게 이것을 선물했으니, 이철로를 어떻게 생각하는지 알 수 있는 대목이었다.

"종리 아우, 너무 과한 선물이 아닌가?"

이철로는 탐탁지 않아 눈살을 찌푸렸다.

"이 형, 그렇지 않소. 내 목숨 빚을 아직도 다 갚지 못했소."

"사람하고는, 언제 이야기를 아직도 하는가."

"나에게는 이 형과 소중한 인연을 맺어 준 사건이오."

"알겠네, 그 이야기는 그만하세."

이철로가 끝을 맺자 상욱이 나섰다.

"귀한 선물을 받았으니 답례로 재미있는 구경을 보여 드릴까 합니다."

자리에서 일어난 상욱이 거실 넓은 공간에 섰다. 그러곤 팔을 늘어트리고 허리를 구부정하게 한 채 펄쩍 뛰는데 2미터 높이였다.

내려서자마자 몸이 공처럼 말려 바닥을 구르더니 몸을 쭉 펴 지면과 30센티미터 높이에서 수평을 이뤘다.

그 상태에서 오른발로 왼발을 차자 팽이처럼 핑그르르 돌았다.

탁. 탁.

오른손과 왼손이 번갈아 바닥을 치니 허공에서 딱 멈춰 섰다. 그 상태에서 상체로 다리를 끌어모아 바닥에 섰다.

처음의 구부정한 자세였다.

"후아보猴雅步?"

종리만형이 미심쩍은 말을 내뱉었다.

옆에서 이영철과 이철로가 그 말을 듣고 서로를 보며 확인했다.

그 후로도 상욱은 한동안 날고뛰는 곡예를 펼쳐 보였다. 마지막에는 상체와 하체가 따로 노는 움직임으로 공중 4회전을 한 후 착지해 바로 섰다.

짝짝짝.

종리만형 부부가 박수를 쳤다.

제자리로 돌아온 상욱이 종리만형에게 목례를 하고 자리에 앉았다.

"눈이 즐거우셨는지 모르겠습니다."

"초식은 모르겠지만 후아권이 지향하고 있는 움직임을 완벽하게 표현한 후아보일세. 어디서 후아보를 배웠는가?"

"배운 것이 아닙니다. 혹 이 후아보가 널리 퍼져 있습니까?"

"그 정도 수준이라면 상당한 고련을 했을 텐데 모른단 말인가? 그럼 그것이 천산파 절기라는 것은 알고 있나?"

"천산파요?"

"그러하네. 중국에서도 상당히 먼 변방에 있네. 그래서 그 형식만 좇는 사람은 있어도 자네만큼 깊이 후아보를 익힌 사람은 처음 보네."

"사실은 이것 때문에 왔습니다."

"후아보 때문이라?"

"어제 보석 박람회장 절도 사건은 알고 계시죠?"

"물론 알고 있네. 모를 리가 있나. 어제 오늘 하루 종일 방송에 나왔네. 그래서 우리 쪽에서도 신경이 곤두서 있네."

종리만형은 이 일을 떠올리자 열이 올라왔다.

공안으로부터 괜한 의심의 눈초리가 향했기 때문이었다. 더불어 300억에 해당하는 돈은 적은 것이 아니었다. 도둑놈이 누구인지 몰라도 북경은 그의 근거지였다. 주인의 허락 없이 영업한 격이었다.

"그럼 저희는 공동의 적을 찾고 있는 셈이군요."

상욱은 말을 하며 이영철을 봤다.

그러자 이영철은 휴대폰을 꺼냈다. 베이징 공안청 대강당에서 촬영했던 CCTV 영상 중 후아보의 움직임을 보인 자를 찾아 휴대폰을 상욱에게 건넸다.

상욱은 그 재생 목록을 눌러 종리만형에게 보여 줬다.

"처음 보는 인물일세."

한참 동안 영상을 본 종리만형이 고개를 흔들었다.

영상에 등장하는 괴상한 얼굴 표정을 짓는 사내는 일면식이 없는 자다. 그러고는 놀란 얼굴로 상욱을 봤다.

"자네…… 혹 이 영상을 보며 후아보를 재현한 것인가?"

그가 놀란 이유는 괴상한 얼굴을 한 사내의 움직임, 즉 후아보의 정수를 뽑아 상욱이 펼쳤다는 데 있었다.

"뭐, 그렇죠."

상욱이 어색하게 웃음을 지었다.

"괴물이군."

종리만형은 그도 모르게 중얼거렸다.

상욱의 말을 들어 보니 후아보를 영상을 보고 펼친 것이 틀림없었다. 그런데 그 초식이 훨씬 정교하고 운용에 묘가 더 실려 있었다.

"하하하, 종리 동생, 이제야 이 친구의 진가를 알았군."

말없이 지켜보던 이철로가 종리만형의 말에 웃었다.

"이 형, 혹시 이 젊은이를 따라다니는 이유가 이런 것입니까?"

종리만형은 농담을 던졌다.

"이런 말하기 창피하지만 그렇다네. 그가 나를 넘은 지 한참이네."

"네?"

이철로의 말에 종리만형이 깜짝 놀라 상욱을 쳐다봤다.

"걸 넘었다는 말입니다."

두 개의
심장을
가진 자

상욱의 말에 종리만형이 멋쩍은 웃음을 지었다. 농담에 속아 넘어갔다는 표정이 역력했다.

도둑의 뒷자리

"끊겼던 말을 다시 하죠."

"듣고 있네."

상욱의 말은 계속됐다.

"영상 녹화기에 찍힌 절도범의 영상과 보석 박람회장의 건물 기둥과 비교하고, 절도범의 엉거주춤한 모습을 고려했을 때 그자의 키는 의외로 커 180센티미터가량 됩니다."

상욱은 공간지각을 통해 재구성한 절도범의 인상과 특징을 종리만형에게 자세하게 설명했다.

"의외로 큰 키군."

"당시 착용한 옷은 평범했으나 바지에 주름이 없는 것으로 보아 새 옷이 틀림없어 보입니다. 보통 이렇게 큰 작업이 끝나면 입었던 옷을 버리기 마련인데 말입니다. 이를 미루어 봤을 때 의외로 깔끔한 스타일로 예상됩니다. 게다가 맨 얼굴에 튀는 행동, 이런 것을 종합했을 때 꽤나 화려한 옷을 입고 있을 가능성이 높습니다."

"설령 그자가 그렇게 입었다 해도 아직까지 베이징에 남아 있을까?"

"대담한 놈입니다. 한탕 했으니 어제 오늘 실컷 즐기다가 내일이나 모레 정도나 되서 내빼지 않을까 싶습니다. 아마도 장물 문제도 있으니 말입니다."

"박 아우, 아우 말이 맞다 해도 이런 말을 왜 나에게 하는지. 공안에 말해도 될 일을."

설명을 다 들은 종리만형은 미간에 천川 자가 그려졌다.

이자가 보석에 욕심이 있나 했지만 이철로가 어떤 사람인지 알기에 목구멍까지 찼던 말이 쏙 들어갔다.

"우연한 계기로 베이징 공안청 관계자와 같이 피해자라는 중국보옥석협회 관계자도 만나 봤는데 무덤덤하더군요. 알아보니 보험이 가입되어 있었습니다. 내일이면 보험회사에서 현상금을 피해액의 10%나 내건다고 하는데도 그들은 회수할 의지가 없어 보이더군요. 또 사건 정황으로 보아 내부자와 거래가 없으면 성공할 개연성도 희박하고, 무엇보다 공안 내부에 협력자가 없으란 법도 없고 말입니다."

상욱의 말에 종리만형은 이철로를 봤다.

그가 베이징에서 어떤 위치의 사람인지 말했는지 묻고 있었다.

이철로는 표시가 나지 않게 머리를 흔들었다.

종리만형은 이철로의 눈짓에 의외라는 눈을 했다.

상욱은 종리만형을 처음 볼 뿐만 아니라, 그가 베이징의 밤거리를 장악한 흑사회 신의안神意眼의 용두龍頭라는 말을 하지 않았음에도 아는 눈치다.

"내가 어떻게 하길 바라는가?"

지금부터는 거래였다.

"절도범을 잡는 데 헛걸음만 아니라면 베이징 공안청은 가주께 큰 빚을 지는 셈이죠."

"동생이 얻을 이익은?"

"대한민국 형사의 명예, 딱 그거 하나죠. 참, 별도로 걸린 현상금은 가주께서 챙기시면 되고요."

상욱의 말에 종리만형은 손익을 따졌다.

흑사회를 움직이는 것은 일도 아니다. 그의 한마디 말이면 수족이 알아서 움직이겠지만, 그는 뒷일까지 고려해야 한다.

잠시 길었던 생각을 끊었다.

"좋네, 박 동생의 말에 상당한 신빙성이 있어 보이네. 이렇게까지 다 해 주는데 못 잡을 이유가 없지. 뭐 그것이 아니다 해도 이 형과 같이 온 박 동생의 부탁인데 못 들어줄 이유도 없고. 다만 오늘은 나와 같이 흔쾌히 한잔해야 하네. 소개해 줄 사람도 있고 말이야."

종리만형은 말을 마치고 뒤를 돌아봤다. 그러자 대기하던 호위가 다가왔다.

"문 동생은 어디에 있지?"

"고림만물에 계십니다."

종리만형의 물음에 호위가 답했다.

"오라고 해."

"네."

호위가 물러나자 종리만형은 사람 좋은 웃음을 지으며 상욱과 이철로에게 술을 따랐다.

상욱은 고림만물이란 말이 나오자 고개를 갸웃거렸다. 하지만 그가 생각지 못한 사람을 만나게 될 줄은 몰랐다.

한참 동안 술자리가 이어졌다.

이런저런 말을 주고받던 중 종리만형이 불콰해져 흥을 돋는다며 자리에서 일어났다.

종리만형이 목청을 가다듬었다. 노래를 부르려는 모양이었다.

그러자 상욱 등은 의자를 물려 종리만형을 올려다봤다.

변발辮髮에 허리에 찬 칼~♬
맺진 인연은 천추의 빛처럼~♪
철담鐵膽의 형제들이 종리과 함께하리.

종리만형은 그의 가문을 찬양하는 가사인 만큼 우렁차고 구성졌다.

"하하하, 형님의 호기로운 목소리는 언제 들어도 좋습니다."

노래가 끝나는 시점에 노란 염색 머리를 한 둥글둥글한 사내가 들어섰다.

그를 보는 상욱의 눈에 이채가 스쳤다.

'어제 오후 고림만물에서 봤던 자인데?'

점주 마금평이 등청량의 요청에 허락을 내주었던 바로 그 자였다.

종리만형은 노랑머리 사내를 향해 손짓을 했다.

"홍서, 이리 와, 이리 와라."

그는 기분이 올라 같은 말을 계속했다. 그러자 홍서라는 자가 종리만형 앞으로 와 고개를 숙였다.

"형님, 기분 좋아 보이십니다."

"그래, 자, 인사해, 인사. 이쪽은 한국에서 온 박상욱, 이영철 동생이고 여기는 내가 사랑하는 아우, 문홍서일세."

"당신들은 등 경독이랑 같이 왔던 사람들이 아니오?"

문홍서의 두 눈이 가늘어졌다.

"맞습니다."

상욱이 멋쩍게 웃었다.

"당신도?"

이영철에게 묻는 문홍서의 얼굴이 굳어졌다.

"……."

그러자 이영철은 말없이 고개를 끄덕였다.

"이거 간만에 눈 뜬 봉사가 된 기분이네."

문홍서가 투덜거렸다.

"어? 세 사람 구면인가?"

종리만형이 문홍서와 상욱 그리고 이영철을 번갈아 바라봤다.

"어제 베이징 공안청 등 경독이 고림만물에 왔던 것은 말씀드렸잖습니까."

"그랬지. 그것이 왜? 아~ 베이징 공안청 관계자가 등 경독이었던가?"

종리만형이 상욱에게 물었다.

"네."

"같이 오기는 했는데 그때는 저 사람 중국 말을 전혀 못하는 줄 알고 있었습니다, 형님."

그러자 문홍서가 이영철을 가리키며 약간은 비틀린 투로 말했다.

"문 형을 속이려는 뜻은 없었습니다. 그날 고림만물의 주인이 누군지 궁금했을 뿐이니까요."

상욱이 웃는 낯으로 나오자 문홍서는 일단 화를 누그러트렸다. 의형 종리만형 앞에서 화를 내 종리만형의 체면을 구길 수 없었다.

그렇다고 그가 무른 인간은 아니었다.

상욱과 인사를 나누며 일시에 살기를 일으켰다. 기를 죽여 놓을 심산이었다.

그러나 겁도 먹어야 기가 죽는 법이다.

상욱이 담담히 웃으며 살기를 흘리며 악수를 하자 호승심이 일어났다.

공력을 끌어 올린 문홍서가 악력으로 상욱의 오른손을 욱 죄었다.

요지부동.

가볍게 손을 흔든 상욱이 손을 놓자 문홍서의 얼굴이 머쓱해졌다.

그 모습에 종리만형이 빙그레 웃었다.

"내 그러고 보니 박 동생을 소개할 때 빼먹은 말이 있군. 이 형은 박 동생을 같은 자리에 놓고 있다네."

"네?"

문홍서의 두 눈이 커졌다.

평소 의형은 이철로를 말할 때 하는 말이 있었다.

생명의 은인.

의형이 처음 이철로를 만났을 당시 종리세가의 사정은 지금과 같지 않았다.

베이징의 밤은 주인이 정해지지 않았고, 종리세가는 그저 그런 가문을 벗어나 베이징 삼합회에서 흑사회라는 이름으로, 제1세력으로 발돋움하고 있었다.

그리고 그때 경쟁 조직 홍살방이 외부인을 영입해 종리만형 암살을 시도했다고 한다.

종리만형 옆에는 호위가 둘 밖에 없던 상황에서, 소림 장로와 위치를 나란히 하는 호북일괴가 그 일에 선두에 섰다 하니 위기였다.

그런데 우연치 않게 이 암살 장소를 지나치던 이철로와 호북일괴와 시비가 붙었고 그 결과 호북일괴의 오른팔이 땅에 나뒹굴었다.

비록 이철로 역시 내상을 입었지만, 종리만형에게는 경이였다.

그것이 10년 하고 몇 년이 지났다.

'그런 이철로와 상욱을 같은 자리에 놓는다?'

아무리 양보를 해도 의형은 상욱을 너무 높게 봤다.

"사람하고는, 뭘 그리 놀라, 천재는 어디 가나 있는 법이야."

종리만형이 문홍서의 어깨를 툭 치며 말했다.

-그리고 나중에 이 이야기는 심도 있게 나눠야겠네.

전음을 덧붙였다.

문홍서가 턱을 미약하게 흔들자 본론을 이야기했다.

"박 동생, 여기 문 아우를 부른 데는 이유가 있네. 내가 사조직을 갖고는 있다지만 손을 놓은 지 한참일세. 근래에 들어서는 큰일이 아니면 나서지 않네. 다만 문 아우가 내 자리를 대신하고 있으니 방금 전의 부탁은 문 아우에게 해야 할 일일세."

"그렇군요."

그 말에 상욱이 고개를 끄덕이며 문홍서를 잠깐 일별했다.

둘의 눈빛이 마주쳤다.

그 찰나에 상욱의 내공 천둔갑이 도마뱀이 날파리를 덮치듯 문홍서를 훑었다.

'무슨 놈의 눈빛이.'

문홍서는 온몸에 소름이 돋았다. 그러나 그는 의연하게 대처했다.

"부탁할 일이 뭐요?"

오히려 선수를 쳤다.

상욱은 품에서 A4 용지 한 장을 내놓았다. 사람의 이마와 눈 그리고 코만 나와 있는 몽타주였다.

"보석 박람회장 CCTV에서 발췌한 몽타주입니다."

"이것을 왜 나에게 보여 주는 것이오?"

"원래는 종리 가주와 말이 끝나면 보여 드리려 했던 것입니다. 이제는 문 형에게 말씀드려야겠군요……."

상욱은 종리만형에게 했던 말을 정리해 재차 문홍서에게 이야기해야 했다.

"그러니까 박 형 말의 요지는 우리 쪽 애들을 공항에 풀어, 이렇게 생기고 옷차림이 독특한 놈을 보면 연락을 주란 말이오?"

문홍서가 A4 용지와 상욱을 번갈아 보며 말했다.

"맞습니다."

"흐흠."

잠시 생각하던 문홍서가 입을 열었다.

"이 일로 인해 내가 얻을 수 있는 이익이 뭐요?"

그리고 상당히 실리적으로 접근해 왔다.

"첫째는 현상금 30억, 둘째는 베이징 공안청이 문 형에게 빚을 하나 지는 것, 셋째는 체면이오."

"박 형, 그대는 악력보다 입이 더 무섭군. 체면이라……내 앞마당에서 분탕질을 한 놈을 놔둘 수는 없으니 당연히 나서야겠지."

"그 첫째와 두 번째도 문 형이 꼭 챙길 수 있게 하겠소."

"덤으로 들어오는 이익을 거절할 정도로 멍청하지는 않소."

"앉으시죠."

상욱이 그의 옆자리를 문홍서에게 권했다. 대충 설명했으니 자세한 내용을 그에게 알려 줘야 했다.

현상금 30억을 날로 먹을 수 없는 일이 아닌가.

다음 날 세담루 입구.

탁—.

공항에 가기 위해 길을 나선 장진명은 날리는 눈발을 보며 하늘을 올려다봤다.

피식—.

그의 입에 웃음이 걸렸다. 호동胡洞의 골목길 앞으로 행인 몇이 발을 동동 구르며 빠르게 오갔다.

'천산에 비하면 여기는 천국인데.'

그도 모르게 고향이 떠오르자 얼굴이 굳어졌다.

객납준喀拉峻을 시작으로 탁목이托木爾까지 천산산맥 4대 주봉 수천 리와 타클라마칸 사막이 눈에 선했다. 그리고 그 천산을 끼고 사는 위구르족의 힘든 일상과 그를 키워 준 어머니의 얼굴이 겹쳤다.

'후—우, 이번이 마지막이었으면.'

그는 한숨을 내쉬었다.

천산파의 장령인 그가 위지대부인의 부름을 받고 중국의 수도 북경까지 올 때는 수많은 사연이 겹쳐서다.

그러다 그는 생각이 천산파까지 이어지자 머리가 지끈거렸다.

천년 역사를 갖고 성세를 이어 오던 천산파는 근대에 이르러 공산당이 정권을 잡으며 몽장사무국蒙藏事務局 지배 체제로 바뀌며 그 세가 급격히 무너졌다.

이것은 서장 제1세력인 포달랍궁 역시 마찬가지였다.

달라이라마와 판첸라마 등 정교일치의 지도자들이 중국의 통제를 받고 민족 말살 정책으로 인해 서장 전체가 헐벗어갔다.

　특히나 서장 무림 세력은 1959년에서 1978년까지 근 20년에 걸쳐 인도와 신강유오이 지방을 두고 벌인 전쟁과, 그 와중에 벌어진 문화대혁명 당시 군부의 억압까지 받으며 그 명맥조차 유명무실해졌다.

　그래서 지금 천산파에는 제자라고 해야 고작 열 명에 불과했다. 이 안에는 그의 외조부와 어머니 위지대부인과 얽힌 피의 사연도 만만치 않았다.

　그래도 천성은 어쩔 수가 없었다. 천방지축인 장진명의 성격은 한군데 머물거나 진득하게 한 가지 일을 하지 못했다.

　이번 일 역시 마음에 들지 않았다. 단지 숨겨진 어머니 위지대부인을 만나기 위해서 베이징에 왔을 뿐이었다.

　솔직히 그는 선대의 일에 끼어들고 싶은 마음은 눈곱만큼도 없었다.

　"어이, 위이무, 차는 어딨나?"

　"어디는, 주차장이지."

　"가자고."

　장진명은 고개를 돌려 세담루를 보고는 미련 없이 발을 뗐다.

문홍서는 입에 문 담배를 몇 번 빨고는 바닥에 버려 발로 비볐다.

"형님."

건장한 청년들 둘이 지나가다 허리를 숙여 인사했다. 흑사회 조직원들이 앞을 지나가며 본을 보였다.

이들이 항상 어색한 그다. 이럴 때면 소림사에서 선망의 대상이었던 때가 떠오르곤 했다.

참 우스운 것은, 그때도 소림 제자들이 그만 보면 인사를 했다. 항렬이 높은 탓도 있지만 그의 무공이 2대 각자 배와 별반 차이가 없었기 때문이기도 했다.

그런저런 이유로 사조인 원화에게 혹독한 수련을 받기도 했다. 나중에는 이것도 싫증 나 소림에서 도망치듯 나왔다.

그날도 오늘 베이징 하늘처럼 유독 어두웠다. 정오가 되기 전에 폭설이 내릴 것 같았다.

"오래 기다리셨습니다, 형님."

머리를 빡빡 민 사내가 다가왔다.

"준비는?"

"깔끔한 애들 서른 명이 대기하고 있습니다. 그중에 계집들을 스무 명이나 준비하느라 꽤 버거웠습니다. 그리고 어제 지시하신 대로 공항과는 조율을 끝냈습니다. 그래서 여자 중

다섯 명은 각 항공사 직원 복장으로 갈아입혀 체크인하는 데
스크로 배치할 예정입니다."

"도둑놈 인상착의는 다 전달했고?"

"예. 키는 180센티미터, 평범한 인상, 튀는 복장을 착용했
을 것이라 예상되고 코와 눈 부위가 나오는 얼굴 사진을 나
눠 줬습니다."

"굿. 공항으로 출발하도록."

"예."

대답을 들은 문홍서도 그의 차로 향했다.

2시간 후.

공항에 도착한 문홍서는 출입구 쪽 승객 대기실에서 창밖
을 내다봤다.

가는 눈발이 오락가락했다. 그의 눈에 초점이 흐릿하다.

어제 상욱이 한 말을 헤아리고 있었다.

사실 공항에서 도둑놈이 비행기를 타고 갈지, 차를 타고
가까운 하남으로 빠져나갈지 알 수가 없는 상황이었다.

다만 상욱이 말하길 도둑질 수법이 정교해 전과자일 가능
성이 많은데, 베이징 흑사회가 용의자를 모른다는 것은 타지
인일 것이라는 추측과 이를 근거로 신속한 이동을 꼽았다.

그래서 비행기를 이용할 가능성이 농후하다고 했다.

하지만 이것도 기약 없는 지루한 대기의 연속이라 슬슬 지

루해졌다.

"하~암."

하품만 나왔다.

눈물이 눈에 차 세상이 가물가물하던 그가 뚝 멈추었다.

참 요란한 놈이 들어왔다. 흰 모피 코트에 선글라스를 꼈다. 짐이라고는 악어 핸드백 달랑 하나였다.

"응?"

옆에서 민머리가 벌떡 일어나려는 것을 허리춤을 잡아 주저앉혔다.

"그냥 앉아 있어라."

그는 입술을 그대로 두고 복화술로 민머리에게 말했다. 다행히 모피 코트를 입은 놈은 시선을 밖에 두고 있었다.

문홍서는 시신경이 몰린 찬죽혈과 시공혈이 지나가는 기경팔맥 중 수소양심초경에 내공을 보내 안력을 높였다.

놈은 180센티미터 키는 확실하지만 전체적 인상을 판가름하는 눈 주위를 사내가 쓴 선글라스가 방해했다.

하지만 관자놀이가 불룩하니 올라와 있어 내공이 일류에서 정체된 흔적을 보였다. 그리고 체크인을 하러 항공사 데스크로 향하는 발걸음이 무척이나 가벼워, 보폭이 일반인과 달랐다.

즉 경신술 공부를 한 자의 특성을 그대로 드러냈다. 뒷발이 서고 신체의 축이 보통 사람보다 앞으로 기울어 하시라도 움직일 준비가 되어 보였다.

사내는 상당히 조심스러웠다. 쉼 없이 고개를 돌려 주변을 살피고 경계했다. 그리고 공항에 별 이상이 없는 것으로 확인되자 체크인 데스크로 향했다.

"조심성이 상당한 놈인데?"

문홍서의 눈은 사내의 뒤를 계속 쫓았다.

데스크 앞에 선 사내는 항공사 직원과 몇 마디를 나누고는 갑자기 선글라스를 벗더니 좌우를 둘러봤다.

"제기랄, 눈치를 챘나?"

문홍서는 사내에게 달려들 준비를 했다.

그런데 항공사 직원 옆에 투입한 흑사회 조직원과 환한 얼굴로 웃으며 이야기를 나눴다.

"자라 새끼 같은 놈."

사내는 항공사 여직원으로 분한 조직원과 농담을 하며 허리까지 젖히며 웃었다. 그러더니 여자와 몇 마디 더 나누고는 커피숍으로 향했다.

남겨진 여조직원이 주머니에서 종이를 꺼내 확인을 하고는 그에게 오른손 검지와 엄지를 동그랗게 만들어 신호를 보냈다.

"됐어!"

문홍서는 휴대폰을 들어 상욱에게 전화를 했다.

"찾은 것 같소."

두 개의
심장을
가진 자

그는 상욱이 전화를 받기 무섭게 말했다.

－고생했습니다. 어디서 만날까요?

"공항 주차장에서 만납시다. 하지만 빨리 와야 할 거요. 1시간 10분 후에는 비행기가 뜰 테니까."

－지금 갑니다.

상욱의 말에 문흥서는 전화를 끊었다.

사내가 커피숍에서 커피 몇 잔을 테이크아웃을 해 항공사 여직원과 여조직원에게 건네주고 있었다.

문흥서의 입에 미소가 그려졌다.

사내는 정신을 흑사회 여자 조직원에게 빠트려 놓았다.

등청량은 미간을 좁히며 상욱을 봤다.

이 인간이 그제와 어제 그리고 오늘 아침까지 조용히 따라오다가 갑자기 베이징 공항으로 가자 고집을 부리니 살짝 짜증이 났다.

"공항은 도대체 왜 가자는 것이오?"

"범인이 거기에 있소."

"무슨 범인. 보석 절도 범인이 거기에라도 있단 말인가?"

"그렇소."

"그 말을 나더러 믿으라고?"

등청량의 입장에서는 얼토당토않은 이야기였다.

"일단 가면서 이야기합시다. 그도 싫다면 형사 한 명만 붙여 줘도 되고."

상욱의 말투는 까칠하기까지 했다.

사실 요 3일 그는 등청량과 언쟁을 하기 싫어 말을 올렸지만, 이제는 그럴 필요가 없어졌다. 절도범의 위치가 확실해졌다.

어차피 사건이 끝나면 등청량과도 마주칠 일도 없었다.

"끙, 알겠소. 내가 따라가서 꼭 확인을 해야겠소."

등청량은 차를 불렀다.

"실례가 안 된다면 3일 전 말했던 수사 사항을 점검해 주시겠소?"

상욱은 등청량이 차에 올라타자 곧바로 요구했다.

"지금 그것을 말이오?"

등청량이 상당히 불쾌한 표정을 지었다.

사실 장물 탐문과 주변 목격자 수사에 전력투구를 했으니 다시 챙길 이유가 없었다.

"부탁드리겠소."

상욱의 재요청에 등청량은 형사 수첩을 뒤적였다. 공안청 예하 단위인 공안국에 업무 지시를 내린 탓이다.

한참을 확인하다 그는 휴대폰을 들었다.

"나 등청량이오."

두개의
심장을
가진자

–그러지 않아도 전화를 드리려고 했습니다.

예하 선무宣武 공안국의 형사부직의 목소리는 상당히 격앙되어 있었다.

"수사에 진척이 있었소?"

–범죄 당시 사용한 가방을 판매하는 곳은 두 군데였습니다. 이세탄 백화점과 공항 면세점인데 그중 공항 면세점에서 같은 제품이 사건 발생 하루 전에 팔렸답니다.

"호, 그렇소?"

–현금으로 구입해서 개인 자료는 확인할 수 없지만 공항 폐쇄 회로로 얼굴과 인상착의를 확인할 수 있을 것 같습니다.

"그 용의자 사진을 받아 볼 수 있소?"

–형사들을 공항으로 보낸 지 1시간이 지났으니 곧 용의자 얼굴과 인상착의를 휴대폰으로 보내 드리겠습니다.

"고생했소, 사진 전송 부탁하고. 그럼."

"잠시만요."

등청량이 전화를 끊으려고 하자 상욱이 말렸다.

"뭐요?"

등청량이 휴대폰을 내렸다.

"공항에 나가 있는 형사들을 철수시키지 말고 입구로 오라고 하시지요."

"이 일 당신이 책임질 거야?"

"용의자가 공항에 있소. 이 숫자보다는 한 손이라도 더 필요하오."

"두고 봅시다."

등청량은 상욱을 한차례 째려보고는 휴대폰으로 들었다.

"부직, 내가 공항으로 가고 있소. 공항으로 나간 형사들이 용의자 인상착의 확보하는 대로 출구로 보내 주시오."

등청량은 언짢은 기분에 전화를 끊고 의자에 등을 기대더니 눈을 감아 버렸다.

상욱과 말을 섞기 싫다는 표정이었다.

띠리리리. 띠리리.

하지만 그의 휴대폰은 그를 가만두지 않았다.

"등청량입니다."

그가 전화를 받았다.

─금융전담과 형사부 부직 임관수입니다. 수사 사항 보고차 전화드렸습니다.

"아, 임 부직, 그렇지 않아도 기다리고 있었소."

등청량은 통화 도중 상욱을 보았다.

상욱이 지적한 절도범과 내부자 공모 관계 수사 사항을 임관수에게 지시했었다.

내부 공모자란 말이 나왔을 때 상욱을 적잖이 비웃었던 그였다.

─보석 박람회장 관리자 중 두 사람의 계좌로 출처가 불분명한 홍콩 달러 30만 달러가 입금되었습니다.

"뭐요?"

등청량이 의자에서 등을 뗐다.

―그들을 검거하러 가고 있습니다.

"알았소, 고생해 주시오."

등청량은 전화를 끊기 무섭게 다시 전화 버튼을 눌렀다.

"나 등청량이오. 수사 상황을 확인하려는데."

"……."

"소매치기 전과자 중에 얼굴이 비슷한 사람이 있다고? 뭐? 이름은 장진명, 장진명 확실해? 응. 응."

"……."

"서장 쪽이라, 참 멀리서도 왔군. 그자 사진을 캡처해서 보내 줘 봐."

"……."

"그래 연락받았어. 선무 공안국 형사부직과 전화 통화했으니까 그쪽에서 온 사진이랑 똑같은 놈이면 범인이 그놈이겠지."

"……."

"지금 베이징 공항 쪽으로 가는데 아무래도 지원이 필요할 것 같군. 일단 비상소집을 해서 형사들을 공항으로 오라고 해."

등청량은 전화를 끊었다. 그러더니 상욱을 보며 말을 했다.

"베이징 공안청 형사과요. 각 공안청에 소매치기 수법 전과자 공조 의뢰를 했는데 용의자가 나왔다고 하오. 그자는 몽서자치구 관할인 서장에 거주를 하고 있다고 하오."

묻지도 않는 말까지 상욱에게 하는 등청량이다. 그때.

띵. 띵. 띵.

등청량의 휴대폰에 알림 소리가 연속해 들렸다.

"어, 어!"

휴대폰을 열어 확인하던 등청량의 목소리에 놀람이 터졌다. 그는 말을 못 하고 옆 좌석 상욱에게 핸드폰을 내밀었다.

스무 살이나 됐음직한 전과자 기록 사진과 공항 면세점에서 나오는 폐쇄 회로에 찍힌 사진 두 장이었다.

이 폐쇄 회로에 찍힌 자가 20대 사진이 수십 년이 흐른 후의 모습이란 것은 누가 봐도 명백했다.

"용의자가 일치하는군요."

상욱은 담담히 말했다.

'흐음.'

그리고 흥미로운 표정을 지었다.

예상이 맞아 들었다. 폐쇄 회로에 찍힌 모습은 알록달록한 낙엽 무늬의 코트를 걸친 30대 후반의 평범한 얼굴의 사내였다.

평범하지 않을 놈이란 생각처럼 확실히 눈에 튀는 옷차림이었다.

"이 사람이 확실합니까?"

등청량이 상욱에게 말했다.

그러자 상욱이 휴대폰을 꺼냈다.

티끌 하나 없이 흰 모피 코트를 걸치고 선글라스를 낀 사내의 사진이 상욱의 액정에 드러났다.

문홍서가 찍어 보낸 사진이다. 어김없이 얼굴은 일치했다.

"하아."

사진을 본 등청량이 갑자기 한숨을 내쉬었다. 그러더니 앉은 채로 상욱에게 고개를 숙였다.

"나 등청량, 그대에게 사과하겠소. 내 나름대로 수사에 자부심을 갖고 있었는데 자만심이었소. 그대가 제시한 수사 방향을 따라 갔으면 좀 더 좋고 빠른 결과가 나왔을 텐데 미안하오."

정중한 사의를 표한 등청량의 눈에 존경의 빛이 흘렀다.

"그런 눈빛 부담스럽군요. 단지 당부할 일이 하나 있습니다."

"무슨 말이든 하시오."

"현장에 올 형사들에 한해서만 사진을 배포하고 비밀을 유지했으면 합니다."

"일리 있는 말이오. 보석 박람회장에 내부자가 있는데 공안이라고 없겠소. 오늘 도둑놈 검거는 윗선까지 가지 않고 내 선에서 하겠소. 들었지?"

등청량은 상욱에게 말하고는 옆에 탄 그의 부서 형사에게 휴대폰을 주었다.

"네, 정보가 새지 않게 최소한의 단위로 사진과 문자를 전송하겠습니다."

공안청 형사의 손가락이 빠르게 움직였다.

공항 주차장에 주차를 한 상욱 등이 차에서 내렸다.

등청량은 상욱에게 다가왔다.

"절도 용의자는 어디에 있소?"

그는 마음이 급한 모양이다.

"기다리시오, 사람이 오기로 했소."

상욱이 공항을 바라보자 그쪽에서 노랑머리 사내가 걸어왔다.

문홍서는 상욱을 보며 반색을 했다.

그는 오늘 이른 아침부터 공항에 나왔다. 상욱의 부탁 이전에 상욱이 절도범의 인상착의를 확신한 것에 호기심을 느꼈고, 그 또한 상욱의 말이 사실일지 확인하고 싶었다.

그리고 공항에 상욱이 말한 인상착의와 부합하는 사람이 나타났다. 결과를 보니 참 기묘한 느낌이 들었다.

일단 상욱을 보며 많은 말을 나눠 보고 싶었다. 그리고 눈앞에 그 주인공이 서 있었다.

그러다 눈살을 찌푸렸다. 옆에서 등청량과 같이 걸어오고 있었다. 기이하게도 그는 등청량에게 정이 가질 않았다.

두개의
심장을
가진자

공항에 혼자 들어선 상욱은 흰색 모피 코트를 입은 장진명을 보자 보석 박람회장 절도범이란 확신이 왔다.

놈을 보기 위해 2층 상가를 둘러보며 곁눈질을 했는데 항공사 여직원과 입을 터느라 정신이 없었다.

"풋."

그러다 공항 입구를 보며 실소가 터졌다.

어디서 한국 관광사 깃발을 얻어 온 이영철이 앞장을 서서 들어왔다. 그 뒤를 급히 불러서 온 이철로, 덕치와 송면 형제 그리고 특수대 3팀이 줄을 맞췄다. 급조한 티가 나기는 했지만 묘하게 해외여행을 처음 온 관광객 같았다.

그들은 공항 입구에 자리해 한국말로 북경, 하남의 소림사, 호북의 장가계가 좋았다느니 떠들어 댔다.

'입구는 일단 틀어막았고.'

1차 계획대로 진행이 되었다. 그리고 공항에 남자 탑승객들이 급격히 늘어났다. 중국 공안들이었다.

"이런 그물식 검거는 처음인가 보오."

공항 의전실을 통해 들어온 등청량이 그의 옆에 섰다.

확실히 이런 식의 검거 작전은 처음이다. 형사들로 공항을 도배했으니까. 이 정도면 바보가 아닌 이상 눈치를 채고도 남았다.

여자에 정신이 팔려 있던 장진명이 좌우를 살펴보더니 얼굴이 굳어졌다.

그를 주변으로 사람들이 모여드는데 모든 시선이 그에게 고정되어 있었다.

그는 고개를 돌려 항공사 여직원을 보며 씨익 웃었다.

"물 한 잔 부탁드릴까요?"

장진명은 커피가 한 모금 남은 종이컵을 입으로 가져가 털어 넣고는 건넸다.

"아, 네."

항공사 여직원은 화들짝 놀라며 자리에서 일어났다. 눈앞에 사내는 밖을 등지고 있어 공항 대합실을 볼 수 없지만 그녀는 공항 내부를 살필 수 있었다.

그래서 남자들 수십 명이 사내를 향해 다가오는 것을 보고 있었다. 그녀의 눈동자가 흔들렸지만 제법 침착하니 정수기에서 물을 종이컵에 따라 줬다.

"고마워요. 재미있는 광경을 보게 될 거요."

장진명이 윙크를 하며 종이컵을 건네받았다.

"네?"

항공사 여직원이 의문을 달았다.

장진명은 선글라스를 끼더니 데스크에 놓인 종이컵을 들었다. 그러고는 빠르게 돌아서며 종이컵을 내둘렀다.

"어-억!"

"크윽!"

그에게 다가가던 형사들 몇은 주저앉고 몇은 얼굴을 양손으로 감싸며 뒹굴었다.

"제기랄."

등청량이 2층에서 뛰어내렸다.

범인이 무림과 연관된 인사일 줄은 예상치 못한 그다. 종이컵에 담긴 물에 내공을 실을 정도면 여기에 있는 형사들이 감당할 자가 아니었다.

탁-.

바닥에 발을 디딘 등청량이 입구 쪽을 확인하고는 눈살을 찌푸렸다. 장진명의 행방이 없다.

그 짧은 순간 놈의 판단은 빨랐다.

정문 쪽에서 도사와 승복 그리고 한복을 차려 입은 송만 등이 일어서 있자 항공기 탑승구 쪽으로 내뺐다.

등청량은 잠깐 사이 시야에서 놓친 장진명을 찾았다. 놈은 원숭이가 나무를 타고 훌쩍 뛰어넘듯 공항 검색대를 짚고는 붕 날았다.

"이런."

등청량의 얼굴이 난색이 됐다. 검색대 너머로는 공안을 배치하지 않았다. 그곳을 빠져나가면 출구도 여러 곳이라 다 잡은 물고기를 그물에서 놓치는 꼴이었다.

이때 뜻밖에도 상욱이 장진명 앞에 나타났다. 판단력만큼은 갑이었다.

하지만 등청량의 표정이 크게 바뀌었다.

이때 장진명은 심기가 불편했다. 지금 상황보다 정보가 샌 탓이었다. 그의 절도 행각이 발각된 것은 조직 내에서 치명적인 약점이 될 수 있기 때문이다.

그래도 이 상황을 벗어나기 위해서는 최선을 다해야 했다.

더구나 만고불변의 진리, 쪽수에는 항우도 힘을 못 쓰는 법이다. 종이컵에 물을 뿌리며 내공을 극한까지 끌어 올린 이유도 여기에 있었다.

그런데 출구로 나가려다 심장이 덜컥 내려앉았다. 중과 도사 둘 그리고 중년인이 일어나는데 기세가 구파의 장로급이었다.

후아보와 원후등목猿猴登木를 거쳐 원헌도선猿獻桃仙으로 공안들을 피하고 공항 검색대를 짚고 몸을 비틀었다. 한데 덩치 큰 놈이 앞을 가로막았다.

장진명은 어금니를 꽉 깨물었다.

여기서 걸음이 잡히면 총알이 날아올지 모른다. 주먹에 내공을 잔뜩 실었다. 한주먹에 앞을 막은 놈을 박살 내고 말겠다는 의지를 담았다. 달려가는 기세까지 실렸으니 1톤이 나가는 황소도 한주먹에 두개골이 으깨질 위력이었다.

"어억."

등청량의 가슴이 철렁 주저앉았다. 일류 고수인 그도 저 주먹은 막기 힘들어 보였다.

상욱의 죽음은 국제적 문제까지 비화될 소지가 많았다.

그의 오른손이 가슴으로 향했다. 권총이 손끝에 걸렸다. 그런데.

쾅.

상욱이 장진명의 주먹을 맞받아쳤다. 충돌로 인해 여닫이 문을 거치게 닫는 정도의 소리가 공항을 울렸다.

상욱은 공간지각 인지능력과 장진명의 행동을 통해 공항 검색대로 가 앞을 막아섰다. 달려오던 장진명이 악심을 품고 내지른 주먹에 짜증이 났지만 그렇다고 몸을 비켜 피해 줄 마음도 없었다.

내공을 적당히 끌어 올려 단수장권18세 단투장투의 초식으로 밀어 쳤다.

"커억."

장진명은 기혈이 뒤틀리며 허공에서 튕겨 바닥에 주저앉았다.

"고, 고수?"

"그 정도로는 안 죽어, 일어나."

상욱은 장진명 앞에 섰다.

그러자 장진명은 상욱을 올려다봤다.

그의 눈이 복잡하게 변했다. 열여덟 살에 소매치기를 하다 공안에게 덜미를 잡혔던 이후로 20년이 넘도록 몸에 공안의 손때를 타 보지 않은 그였다.

자존심이 무너졌다. 이것은 큰일이 아니었다.

이대로 잡혀가면 그를 가만둘 황충혈이 아니었다. 비밀을 유지하기 위해서는 그의 어머니 위지대부인뿐만이 아니라, 그녀가 이끄는 서혈 자체가 소멸될 일이었다.

"크크크, 참 이 세상 재미없었어. 으드득."

괴이한 미소를 짓던 장진명의 입에서 이빨 부서지는 소리가 났다.

"이봐, 뭐 하는 거야?"

달려온 등청량이 장진명의 멱살을 잡고 일으켜 세웠다.

"굼벵이 같은 공안 놈들이 잘도 쫓아왔네. 크크, 마지막으로 힌트를 하나 주지. 대가리를 조심해라."

"뭔 소리야, 새꺄?"

등청량이 장진명의 멱살을 잡고 흔들었다.

"잠깐."

상욱이 등청량의 손목을 잡고 말렸다.

"왜?"

"보는 눈들도 있고, 이자 독을 먹었소."

"독이라니?"

"이자 입에서 썩은 아몬드 냄새가 나오."

"덩치 큰 놈은 멍청하다더니 헛말이었군. 크크크."

장진명이 상욱을 보며 비틀린 웃음을 보냈다.

"청산염인가?"

상욱이 장진명에게 확인을 했다.

"알면서 굳이 확인은."

장진명은 독을 먹은 사람 같지 않았다. 말을 한 자 한 자 또박또박 잘했다.

"이 새끼가 독 먹은 것이 확실하오?"

등청량이 상욱과 장진명을 번갈아 보며 물었다.

"119 구조대를 부르시오."

"119? 그 자라 새끼들은 진짜 자라요. 아마 오는 데만 1시간은 걸릴 것이오."

"15분 후면 이자의 피는 부글부글 끓고 입에 흰 거품을 물고 죽소. 청산염은 지금도 위胃 혈관을 타고 들어가 산소가 들어갈 통로를 괴사시키고 있소. 그 전에."

말하던 상욱이 장진명의 가슴 부위를 검지로 푹푹 찔렀다.

"뭐 하는 것이오?"

"12경락 중 족양명위경을 짚었으니 토할 것이오."

상욱은 등청량의 말에 대답을 하고 뒤로 물러났다. 등청량도 급히 한 걸음 폴짝 뛰어 상욱 옆에 섰다.

"우-엑!"

장진명은 의지와 상관없이 속이 뒤집어졌다.

상욱의 말을 듣고 혀를 깨물려고 했지만 위 식도의 자율신경이 제멋대로 움직였다. 위에서 쓴 물이 올라오도록 토사물을 게워 냈다.

그것을 등청량이 멍하니 지켜만 보고 있자 상욱은 등청량을 툭 건드렸다.

"임시방편이오. 위를 세척하지 않으면 이자는 내일 해를 보지 못할 것이오. 청산염이 이자의 위벽을 타고 혈관을 괴사시키고 있소."

"알았소."

대답을 한 등청량은 주변 형사 중 한 명을 지목했다.

"빨리 119 구조대에 전화를 해서 출동하라고 하시오."

"네."

"참, 5분 내에 오지 않으면 공안부에서 119 책임자를 문책한다는 말도 덧붙이고."

등청량은 일단 형사에게 지시를 했지만 난감한 표정을 지었다. 범죄의 연결 고리가 뚝 끊어진 느낌이었다.

"추가로 이자 후송을 할 때 재갈을 물려야 합니다. 그리고 이러고 있을 때가 아니오."

상욱이 등청량을 보며 말했다.

"여기서 더 할 것이 무엇이라고?"

"무어라니? 이 인간 배웅해 준 사람이 있나 공항 전체 CCTV 열람하고, 공항을 통제해야 할 것 아닙니까? 이대로 놔뒀다가 동영상이라도 뜨면 공범마저 놓치겠습니다. 그리고 이자 휴대폰이 있을 것입니다."

상욱이 말을 마치고 이영철을 봤다.

장진명의 명품 백을 회수한 이영철이 속을 뒤지고는 휴대폰과 여권 그리고 항공권을 꺼내 들었다.

"작전에 참가한 형사들 다 모이라고 해."

등청량이 가장 가까이 있는 공안 형사에게 명령했다.

10분 후.

공항 내부는 소란스럽기 그지없었다. 공안 형사들이 공항 출구를 점령하고 탑승객을 상대로 휴대폰을 일일이 확인을 해 동영상을 삭제하는 중이었다.

"이자 아무래도 가망이 없어 보이오."

상욱은 등청량을 보며 고개를 흔들었다.

공항 검색대 안쪽에 의자를 붙여 놓고 그 위에 장진명을 눕혔는데 벌써 안색이 보랏빛으로 변했다.

"응급조치까지 했지 않소?"

등청량도 얼굴이 심각해졌다.

"아무래도 극도로 정제된 청산염 같소."

"이대로 뒤가 끊기면 안 되는데……."

"이자의 요 며칠 핸드폰 통화 내역도 있으니 공범 추적은 가능하지 않소?"

"장물이 문제라……."

오전까지 상욱과 말도 섞지 않던 등청량은 상욱에게 수사 사항을 상의해 왔다.

"장진명을 배웅했던 자가 타고 온 차량 번호와 소유주가 나왔습니다."

그때 형사 한 명이 뛰어와 등청량에게 보고했다.

"소유주가 누구야?"

"위이무라는 자인데…… 주소가 세담루로 나와 있습니다."

보고하던 형사가 말을 끊었다가 등청량의 눈치에 다시 말을 이어 갔다.

"세담루? 으음, 위지대부인."

'제길, 위지마녀라…….'

속으로 투덜거리는 등청량 얼굴에 난감한 빛이 돌았다.

그녀의 남편 위지동아는 공안부에서 전설과 같은 존재였다. 중국 공산당 창건 이래로 공안을 이끌어 왔던 최고 지도자였다.

그 위지동아에게 큰 흠집이 있었으니 첩이었다가 두 번째 부인이 된 서문혜다.

그녀를 공안부 수뇌부는 위지대부인, 중간간부는 위지마녀라 불렀다.

위지동아가 죽은 지 10년이 지난 지금도 그녀는 공안부뿐 아니라 상위 기관인 국무원의 인사에도 깊숙이 관여한다는 것이 공공연한 소문이었다.

그런 위지대부인이 고관들에게 여흥을 제공하는 청루가 세담루였다.

'기회일 수도.'

"지금 이것저것 따질 상황인가? 주차장으로 모이라고 해."

등청량은 빠르게 명령을 내렸다.

더구나 상욱 등 외국 형사들이 보고 있다. 그들이 지켜봤다는 변명거리도 만들어졌다.

웨-앵.

공안 차량 사이렌 소리가 베이징 호동胡洞에 울렸다. 좁은 길이 터지고 공안 차량 열 대가 도로에 멈춰 섰다.

탁. 탕.

급히 차에서 사람들이 내리고 차 문이 닫혔다. 그들이 모여 선두에 있던 차로 모여들었다.

"세담루를 통제한다. 안을 뒤져 위이무란 자를 색출해 내도록. 더불어 검거와 동시에 재갈을 물려라. 이상."

등청량은 주변으로 모여든 형사들에게 명령을 내렸다.

"네."

단체로 복명을 한 형사들이 골목길로 뛰었다.

"갑시다."

등청량이 상욱을 보았다.

"장진명이란 자, 무림에 한 다리 걸치고 있던데……."

"나는 걱정이 없소. 박 형이랑 가는데 문제가 있겠소?"

상욱의 말에 등청량의 입꼬리가 올라갔다. 웃음이다.

사실 그는 말을 하지 않았지만 공항에서 상욱에게 탄복했다.

한국에도 무림과 같은 쟁천이 있다는 말은 들었다. 그러나 무림이 관과 가까워진 요즘과 달리 쟁천은 정반대라고 알고 있었다.

막상 상욱과 같이 온 중과 도사 그리고 중년인을 보니 소문이 전부 사실은 아니라는 생각이 들었다.

어쨌든 그 쟁천에서 일류 이상의 실력자가 일개 형사에 지나지 않았고 그럼에도 최고의 역량을 보여 주고 있다는 데 감복한 바가 컸다.

뭐 받아들이는 사람이 탐탁지 않다는 게 문제였지만.

"뭐, 어쨌든 갑시다."

상욱은 쓴 입맛을 다시며 걸음을 빨리했다.

'세담루라……'

현판을 보며 상욱은 등청량을 따라 몇 채의 건물 중 본원인 5층 건축물로 향했다.

그러며 주변을 둘러봤다.

두 개의
심장을
가진 자

출입구를 봉쇄했다지만 도망가려면 넓은 정원 어디로든 빠져나갈 수 있었다. 밖에 담은 3미터가 넘었는데 들어와 보니 가슴 높이였다.

'이 정도 복토할 정도면 산 하나는 깎았겠군.'

밟는 땅이 돈인 곳이다. 그만큼 건물도 화려했다.

등청량은 이런 감흥을 못 느꼈다. 위이무란 세 단어가 온통 머리를 장악하고 있었다. 그는 곧장 건물 앞으로 갔다.

형사들이 입구에 모여 서 있었다.

"뭐야, 들어가지 않고."

"저…… 국무위 조문철 상임위원이 안에 계십니다."

"이 시간에?"

등청량이 손목시계를 봤다. 시침은 3시를 가리켰다.

그는 굳었던 인상을 펴고 형사들을 헤쳐 건물 안으로 들어갔다. 넓은 실내에 창 쪽으로 두 남녀가 다탁을 사이에 두고 앉아, 찻잔을 놔두고 대화 중이었다.

등청량이 가까이 다가가자 50대 중반의 사내가 고개를 들었다. 마른 얼굴에 볼살이 나와 고약한 인상이었다.

"누군가?"

다짜고짜 물었다.

"베이징 공안청 형사부 부직 등청량입니다, 위원님."

등청량은 그를 소개하며 깍듯이 고개를 숙였다.

"이 시간에 무슨 일이지?"

조문철은 상대가 그를 알아보자 두 눈이 가늘어졌다. 감히 그가 있는데 들어와 공안 행사를 하느냐는 표정이었다.

"여기 위이무 체포 및 세담루 수색 검증영장입니다."

품에서 영장을 꺼낸 등청량은 위지대부인 앞에 놓았다.

"위이무를 왜 찾나요, 등 경독?"

위지대부인이 등청량을 올려다봤다. 나른한 목소리다. 그리고 영장을 돌려 조문철 앞에 놓았다.

"베이징 보석 박람회장 절도 피의자 장진명을 붙잡았습니다. 위이무가 그를 공항까지 배웅했습니다. 그리고 위이무는 여기에 주소를 두고 있습니다."

등청량은 필요 이상으로 설명했다.

위지대부인이 일면식도 없는 그의 이름을 알고 있는 것이 불쾌했고, 안색을 살펴 장진명과 관계를 알아보려 했다.

그러나 별반 표정 변화가 없는 위지대부인이다.

"장진명은 음독을 해서 공항에서 119로 후송했는데 사망했습니다. 이제 위이무가 유일한 단서입니다."

그때 상욱이 갑자기 나섰다.

"그런가요."

위지대부인은 여전히 나른한 목소리다

그러나 상욱은 이 여자가 탁자 밑에 놓은 양 주먹을 꽉 쥐고, 눈꼬리가 잠시 부르르 떨리는 모습을 놓치지 않았다.

'상당한 친분이 있다는 뜻인데?'

상욱은 그러면서도 의문이 들었다.

세담루라는 건물과 넓은 땅만으로도 절도 피해품의 열 배는 구입할 가치가 있어 보였다. 굳이 절도범과 끈을 맺자면 장물아비란 뜻이데, 눈앞의 상무위원과 결부하면 그 끈은 날실만도 못했다.

100만 원을 손에 쥐고 10원짜리 동전을 훔치는 격이다.

"조 위원은 이만 가 보셔야겠습니다. 그리고 위이무는 세담루 주방장 중 하나이니 제 사람이 맞습니다."

위지대부인의 말에 상욱의 상념이 깨졌다.

그러자 조문철이 등청량을 보며 매우 불쾌한 눈으로 쳐다봤다.

"위지대부인, 가 보겠소. 그리고 자네, 나 좀 보세."

그러곤 등청량을 불러 문 앞으로 가 속삭였다.

"자네, 오늘 날 못 본 것이네."

"네."

등청량이 짧게 답했다. 사족을 달아 봐야 조문철이 민망할 뿐이다.

짝. 짝.

상욱만 남은 탁자에서 위지대부인이 손뼉을 치자 젊은 미녀가 빠르게 다가왔다.

"위이무는 주방에 있지? 그를 불러와."

위지대부인이 말했다. 그러자 젊은 미녀는 허리를 숙이며 실내로 들어가려 했다.

"잠깐."

상욱이 젊은 미녀를 불러 세웠다.

그의 귀에는 위이무에게 주방으로 가서 그곳에서 일을 마무리하라는 뜻으로 들렸다.

"왜 그러나요?"

"같이 갑시다."

젊은 미녀의 말에 상욱이 따라나서려 하자 위지대부인이 나섰다.

"데려오겠다는데 굳이 따라갈 이유가 있나요?"

"당연히."

등청량이 다가오며 젊은 미녀 옆에 섰다.

"꺄-악!"

그런데 이때 건물 안쪽에서 비명 소리가 들려왔다.

상욱과 등청량은 서로 얼굴을 바라보고는 안으로 뛰어 들어갔다.

복도와 같은 회랑을 따라가자 몇 걸음 걸어가자 청나라 복장 치파오를 입은 여자가 입을 막고 떨며 서 있었다.

그녀는 상욱과 등청량을 보며 오른손으로 주방 안쪽을 가리켰다.

그러자 등청량이 달려가 주방 안으로 들어갔다.

상욱이 곧 도착하자 등청량이 맥 빠진 얼굴로 주방 안에서 아래를 내려다보고 있었다.

그의 예상처럼 50대 중년인이 입에 흰 거품을 물고 몸을 부르르 떨고 있었다.

"제기랄."

등청량의 욕설이 들렸다.

창밖을 내다보는 종규는 방금 나간 국무위 조문철과 사제 공명후의 말을 상욱과 연결해 곰곰이 되새겼다.

그가 속한 악마교 회색 결사는 아시아를 맡고 있는 그에게 상욱을 콕 찍어 정체성을 확인하라 지시를 했다.

특히 그가 직접 상욱에게 접근하지 말고, 악마교 회색 결사와 관련이 없는 사람을 통해 카르마의 사용 여부를 파악하라 했다.

게다가 결사를 이끄는 몰토르는 종규의 정체가 발각이 될 경우 꼬리를 자른다는 말까지 하며 경계를 더 하라고 지시를 했다.

그래서 종규는 그의 사조직 황충혈의 조직 자금을 충당할 계획으로 베이징 보석 박람회장 보석을 훔치는 일을 앞당겨 벌였다.

중국의 수도인 베이징에서 일어난 대형 절도 사건인 만큼 공안부는 거하게 벌집을 쑤셔 놓은 상태였고, 그의 의도대로 사제 공명후는 상욱을 수사에 개입시켰다.

미리 조사한 바에 따르면 한국에서 보인 상욱의 수사 능력이라면 카르마로 이능력異能力을 보이지 않고는 해결할 수 없는 사건들이 대부분이었다.

따라서 베이징 보석 박람회장 절도 사건을 해결하기 위해서는 상욱이 카르마를 사용할 수밖에 없을 것이라 여겼다.

그는 공명후에게 오현화를 부추겨 박상욱을 압박을 하라 일렀다.

박상욱이 베이징 보석 박람회장 절도 사건에 본격적으로 개입했고 예상을 뛰어넘는 수사 능력을 보이며 장진명과 위이무를 잡고 세담루까지 추적하는 성과를 만들어 냈다.

그러나 박상욱이 카르마를 사용했는지 알 수가 없었고, 단지 절정에 가까운 무공을 선보였다고 했다.

종규는 사제 공명후의 말만으로는 박상욱이 카르마를 갖고 있는지, 악마교 회색 결사에서 찾는 자가 맞는지 확신을 갖지 못했다.

그러다 위지대부인 서문혜에 생각이 미치자 그는 한차례 혀를 찼다.

"쯧, 낯만 번지르르한 미천한 년."

서문혜와의 인연은 벌써 40년이 가까워지고 있다. 처음 봤을 때부터 서문혜는 천박함과 탐욕으로 가득 차 있었다.

뭐, 그래서 그는 그녀의 옷을 벗기고 쉽게 천산파를 좌지우지할 수 있었다.

그 과정에서 원치 않은 결과물 장진명이 나왔지만 단 한 번도 핏줄이라고 여겨 본 적이 없었다.

어쨌건 상욱을 더 수사 선상에서 놓아둘 수 없었다. 꼬리를 타고 머리까지 올라올 기세였다.

'이 일은 내일이면 공명후가 해결할 일이고.'

종규의 생각은 다시 위지대부인 서문혜로 돌아왔다.

미천한 년에게 일을 시켜야 했다. 하나뿐인 자식 놈이 죽었으니 이제 독기만 남았을 것이다.

밀어 왔던 씨앗들이 틔워 줄기를 만들고 맺힌 과실로 영글었다. 무려 40년을 기다려 온 일이다. 이제 수확하기로 결정했다.

그는 탁자에 앉아 메모지를 꺼내 몇 자 적고 찢었다. 그리고 옷걸이에 걸린 양복 상의를 걸치고 사무실을 나섰다.

베이징의 화려한 밤거리를 따라 달리던 차가 섰다.

종규는 운전기사에게 차를 대기시키라 해 놓고 내려 걸었다. 그가 가는 호동胡洞은 길이 좁고 미로와 같아 차가 들어갈 수 없는 길이다.

10여 분을 걸어 5층으로 된 붉은 대문을 열고 들어갔다.

절도범 장진명이 잠시 들렀던 세담루였다.

실내는 등불 두 개가 전체적으로 어두웠지만 중국 전통의 궁원 양식을 따른 문양들이 곳곳에 드러났다.

너무나 깨끗한 실내와 벽에 붙은 그림들은 철저한 관리를 한 상태였다.

그럼에도 사람이 없는 실내는 괴기스럽게 느껴졌다.

종규는 탁자로 가 사무실에서 적었던 메모지를 반으로 접어 올려놨다.

이 일을 하려고 여기까지 왔으니 미련 없이 돌아섰다.

한참 후.

문이 아닌 벽이 밀리며 검은 그림자가 나왔다.

이 그림자 역시 곧장 탁자로 가 메모지를 집어 들었다.

"종 장군, 너무하시군요. 그대와 나 사이에 태어난 아이가 죽었는데 찾아와 고작 과거의 일이나 마무리 지으라니."

괴인영에게서 뿜어진 사이한 기세가 실내를 점령하며, 그녀 위지대부인의 입에서 비틀린 말이 토해졌다. 그녀의 목소리에는 너무나 많은 한이 담겨 있었다.

호텔 룸.

사방 10미터의 좁은 방 테라스 쪽 작은 탁자 위에 촛불 열 개가 켜져 있고, 그 너머로는 천장에 끈으로 연결된 주먹 크기의 종이 열 장이 제각각 다른 높이로 매달렸다.

상욱은 탁자와 떨어져 은빛 채찍을 오른손에 들고 있었다.

구절편九節鞭.

기본적으로 채찍의 구조를 가지고 있다. 30센티미터의 손잡이와, 길이는 5미터에 처음 굵기는 3센티미터고 그 끝은 1센티미터며, 아이 주먹 크기의 추錘가 달렸다. 또한 마디가 아홉으로, 채찍으로는 뻣뻣한 편이다.

상욱은 이 구절편을 들고 앞을 보았다. 5미터 앞 탁자 위의 촛불이 목표였다.

상욱의 손목이 아래서 위로 까닥였다. 늘어진 구절편이 독사처럼 움직였다. 고개를 스르륵 쳐들더니 독니로 순식간에 먹이를 물었다.

슈—윽. 팡!

구절편 끝의 추가 촛불을 꺼트리며 제자리로 돌아왔다.

채찍의 기본적인 움직임 중 타격打擊.

이것이 시작이었다.

파바바방!

어깨뿐 아니라 상체의 움직임이 배제된 손목의 까닥거림으로 이 무거운 구절편은 250마력 스포츠카 엔진 피스톤의 제로 백 가속처럼 움직였다.

그럼에도 한 번에 촛불을 하나씩 정확하게 꺼트렸다. 초도 한 점 흐트러짐이 없었다.

흐느적거리는 5미터 길이의 물체를 통제하에 놓기는 쉽지 않은데, 상욱은 몸의 일부처럼 움직였다.

"회중타回中打!"

멀찍이 떨어져 상욱을 보던 송면이 외쳤다.

그러자 상욱이 구절편을 든 오른손을 머리 위로 쳐들었다. 구절편이 회전하며 공간을 잠식했다.

탁. 탁. 탁.

그 와중에 구절편 끝에 달린 추가 촛불이 점한 공간을 연속해 지워 나갔다.

"연격절."

다시 이어진 송면의 지시.

이번에는 상욱이 구절편을 몸 좌우로 붙여 위에서 아래로 휘둘렀다. 5미터나 되는 구절편은 기묘하게 타원을 그리며 바닥에 닿지 않고 움직였다.

"파격波擊."

송면의 말이 떨어지기 무섭게 상욱이 앞으로 탁자를 뛰어 넘으며 구절편이 천장에서 매달려 내려온 종이를 향해 휘둘렀다.

물결처럼 움직이는 구절편인데 그 끝의 추는 철퇴처럼 후려쳤다.

팍-.

종이가 꽃가루처럼 비산했다.

그 움직임은 여기서 끝이 아니었다. 추는 구절편 손잡이를 잡아채고 뿌리는 상욱의 손목 조종으로 파장이 만들어졌다.

퍼버버벅.

구절편의 추가 권투 선수의 잽처럼 툭툭 종이를 끊어 쳤다.

가루로 비산되는 종이를 보며 상욱은 손목을 회전했다. 추를 중심으로 따리를 튼 구절편이 상욱의 허리에 감겼다.

짝짝짝.

"허어, 괴물이군."

구석에서 이철로가 박수를 치며 일어섰다.

그는 이 구절편이 얼마나 어려운 절기인지 알고 있었다. 어릴 적 그의 가엄과 황해가 비무를 하던 자리에 있었다. 그 기괴한 움직임에 놀랐던 기억이 아직도 생생했다.

당시 채찍의 끝을 만지곤 그 무게에 놀라 나중에 가엄에게 물었다.

그러자 가엄, 북검 이세창은 동도 황해가 가진 무기 만상은 쟁천에서 제일가는 보물이라 했다.

질량이 최고로 무겁고 단단한 백금의 정수 오스뮴이라는 금속으로 만들어졌다 했다.

그러며 구절편에 대한 설명도 들었다.

탄성을 갖춘 채찍 형태로 변형이 어려워 짧은 막대 형태로 아홉 등분이 됐고, 그 무게가 백 근이라 들었다.

그런 구절편을 상욱은 내공을 사용하지도 않고 일반 채찍처럼 다뤘다.

그렇다고 힘이 잔뜩 들어가 채찍이 호텔 방에 흠집을 낸 것도 아니었다. 정교한 힘의 분배로 목표한 촛불과 종이를 때렸다.

게다가 추에 실린 파괴력은 허공에 떠 있는 종이를 가루로 만들 정도라, 무기의 이점과 인간 같지 않은 근육에서 나오는 힘만으로 일류 고수에 필적할 정도니 그가 놀랄 만했다.

"내공을 사용해 비무를 할 수 있다면 정말 좋겠군."

이철로는 흥분에 찬 목소리로 말했다.

"으메 징그런 것, 앞으로는 이가의 노호가 아니라 쌈닭으로 불러야 한당께."

덕치가 이철로 옆에서 비위를 건드렸다.

"그럼 박 경감 대신 오늘 한번 붙든지?"

이철로도 지지 않고 덕치에게 대꾸했다.

"그랄까?"

또 둘이 싸움을 할 기세다.

그러자 상욱이 나섰다.

"두 분 사숙."

상욱은 송면 형제를 불렀다.

"오늘은 원래대로라면 세미나가 끝나고 일정상 관광입니다. 그러니 내려가 확인해 보고 두 분께 연락드리겠습니다. 이씨 아저씨와 늙은 사질은 놔두고 가죠."

"그런 게 어디 있나?"

"고람 안 되제."

둘은 언제 다퉜냐는 듯 입을 맞췄다.

씨익.

상욱은 농담에 일희일비하는 둘을 보며 웃었다.

이철로, 덕치 두 사람이 그의 곁에 있는 이유는 화경이란 무공 경지 때문이다.

하지만 달라도 너무 다른 두 사람이다.

검이란 도구를 이용해 실전을 치르며 깨달음을 추구하는 이철로. 내공을 쌓아 신체의 한계를 넘어서려는 덕치.

두 사람이 추구하는 방법은 달라도, 목표는 하나라는 점이 같아 경쟁 선상에 서 있었다.

그들과 달리 상욱은 아버지의 혼령을 찾아 온전한 가족으로 되돌아가는 것이 목표다. 비록 그가 수련하는 이유는 두 사람과 달랐지만 보다 높은 경지를 위해 나가기 위해서는 이들이 필요했다

나름 이유가 있었다. 상욱은 마왕 에블리스의 권능이 절실했다. 욕망에 의한 바람이 아닌 필요에 의해서였다.

아버지 박동건의 혼령은 찾기 위해서는 마계로 차원 이동을 해야 한다. 마왕 에블리스의 기억에 차원 이동 마법진과 좌표가 있었고, 차원 이동을 위해서는 카르마가 절실했다.

마왕 에블리스 권능의 기반이 카르마고, 그 카르마를 마왕 에블리스는 무한 살육으로 음차원 마나 카르를 통해 흡수했

다. 이것은 인위적이 아닌 강한 인력인 극자흡성에 따른 것으로 나중에 마왕의 세 번째 권능 악업의 불로 진화했다.

즉 살육의 대상이 존재해야 카르마를 흡수할 수 있다.

그나마 다행인 것이 지구에도 카르마를 구할 수 있는 기반이 있다는 점이다.

비토리와 같은 존재, 즉 세상에 비틀린 존재들이 곳곳에 흩어져 있었다.

그래서 비토리로 하여금 마물에 버금가는 존재를 찾으라고 명령을 했었다.

또한 천둔갑은 역즉성단으로 카르마를 내공으로 바꾸었지만, 내공 역시 카르마로 치환 역시 가능해 하루도 거르지 않고 송면 형제 등과 같이 고련을 해 오는 중이다.

단기간에 내공을 상승시키는 것은 단전을 확장시키는 일이다. 즉 화경을 넘어 현경에 다다르면 또 다른 길이 보이지 않을까 하는, 부단한 노력의 이유였다.

그는 생각을 접고 쇼파에 앉았다.

옆에 리모콘을 찾아 TV를 켰다. 오늘 이렇게 한가한 이유는 아침에 방영될 8시 뉴스에 다 나오게 되어 있었다.

어제 탑승객과 공항 관계자들의 휴대폰에서 영상을 찾아내 삭제했음에도 불구하고, 베이징 공안 강력범 검거라는 제목을 달고 동영상이 온라인상에 확산이 됐다.

이와 관련해 베이징 공안청으로 문의 전화가 빗발쳤다.

결국 수사 내용을 제일 잘 알고 있는 등청량이 베이징 공안청 대변인을 자처할 수밖에 없었다.

그는 어제 오후까지 상욱을 통해 브리핑 초안에 필요한 사항을 물어보며 조언을 요청했다.

그리고 저녁에는 상욱은 문홍서를 대동하고 등청량과 식사를 했다. 그 과정에서 장진명 검거에 큰 역할을 종리세가의 문홍서가 했다는 말을 넌지시 전했다.

등청량은 그 자리에서 무척이나 안타까워했다.

수사가 공개수사로 전환됨에 따라 중국 공안 수뇌부 입장에서는 외부 인사이자 외국인인 상욱을 수사에 더 참여케 할 수가 없었다.

이 때문에 등청량에게 상욱은 위이무와 장진명의 핸드폰 교차 역추적 기법에 대해 2시간 넘게 설명해야 했다.

상욱의 귀에 뉴스 시작 음이 들렸다.

정치부 뉴스가 끝나자 특보 자막이 뜨며 베이징 공안청 홍보 간판을 배경으로 정복을 입은 등청량이 기자단 앞 단상에 섰다.

－일단 결론부터 말씀드리겠습니다. 베이징 공안청 형사들의 발 빠른 수사로 사건 발생 3일 만인 어제 12시와 13시에 절도 용의자 두 명을 검거하였습니다. ……이상으로 브리핑을 마치겠습니다. 그리고 마지막으로 절도범 검거에 결정적인 수사 방향을 정해 준 한국 경찰 박상욱 형사에게 경의와 존경심을 표하지 않을 수 없습니다. 일동 차렷, 경례. 충—.

"저 사람 뭐야?"

상욱은 진심 어이없는 표정이 되었다.

TV 안에서 같이 수사를 했던 삼십여 명의 형사들이 일제히 거수경례를 올리고 있었다.

리모컨을 잡은 상욱이 빨리 전원을 끄고 쇼파 한쪽으로 던졌다.

그러자 이영철이 다가와 리모컨을 재빨리 집어 들더니 다시 전원을 켰다.

─박상욱 형사가 누군가요? 수사에 어떻게 관여했기에 형사들이 예를 갖추는 겁니까?

"이거 들리시죠? 와, 팀장님. 이제 외국에서도 형사라고 소문나겠습니다."

"쪽팔리게."

상욱은 자리에서 일어났다.

'이거 등청량 코를 눌러 주려다 일이 커져 버렸네.'

그리고 엄지와 검지로 귓불을 긁으며 난감한 표정이 되었다.

소림사 고승 납치 사건

소림사.

천하공부출소림天下功夫出小林. 참으로 오만한 말이다.

천하의 모든 무공이 소림사에서부터 나왔다는 자존심이 가득 찬 말이지만, 중국인 모두에게 인정받고 있었다.

이 소림사의 담을 검은 그림자가 넘었다.

복면에 온몸이 검정 일색인 괴인은 경내를 꿰뚫고 천불전 天佛殿으로 스며들었다.

괴인은 천불전을 쓱 훑어봤다.

제고인법提高印法이라 쓰인 현판 아래 부처님을 모신 좌대 와 그 앞에 탁자가 놓였다.

실내 좌우로 등이 걸렸지만 꺼져 어둠만이 존재했다.

투박하면서 단출한 공간에서 천불전주 각원은 불전에서 하던 게송을 뚝 멈췄다.

"누구시오?"

솔잎이 떨어지는 것보다 작은 소리를 낸 괴인의 움직임이었다. 그것을 각원이 기감으로 잡아냈다.

"과연 각원."

괴인이 복면을 반쯤 올리며 앞으로 나섰다. 향로의 불빛에 비쳐 얼굴 윤곽이 희미하게 비쳤다.

"시주가 왜 여기에?"

각원의 얼굴에 의문이 찼다. 한편으로는 경계심이 무너졌다.

"할 말이 있어."

복면인은 복면을 내리며 각원의 면전까지 다가섰다.

피~익.

그때 복면인 왼손에서 불꽃과 함께 연기가 피어올라 각원을 덮쳤다.

각원은 호흡을 멈추며 훌쩍 뒤로 물러나는데 그의 오른손을 복면인이 움켜쥐었다.

각원은 나한복마공의 내공을 끌어 올려 나한18권의 동불추마銅佛追魔 초식으로 복면인에게 한 걸음 다가가며 오른손을 당기며 왼팔은 복면인의 왼 팔꿈치를 위로 걷어 올렸다.

퍽-.

복면인은 의외로 쉽게 물러났다.

각원은 복면인을 쫓아가려다 멈춰 섰다. 암수를 써 놓고 그냥 물러나니 의심이 앞섰다.

핑―.

갑자기 머릿속이 하얗게 변하며 각원이 그 자리에서 비틀거렸다.

"다, 당신……."

그는 복면인의 왼손을 가리켰다.

"이거? 미안한데 그냥 연막일 뿐이야. 대사가 공력을 써야 하는데 좀체로 내공을 쓰지 않고 외공에 의지하는 편이라 잔꾀를 냈지. 그리고 진짜는 여기 산공독이야."

복면인은 향로의 뚜껑을 닫았다.

털썩.

복면인의 말이 끝나기 무섭게 각원이 쓰러졌다. 그는 각원을 들쳐 업고 빠르게 사라졌다.

다음 날 오전 소림사가 발칵 뒤집어졌다. 장로급에 해당하는 천불전의 전주 각원이 사라졌으니 당연한 귀결이었다.

18나한 금강동인이 소림문을 나섰다.

상욱 일행은 하남성 정주 공안청에서 성황리에 세미나를

마쳤다.

중국 방송 매체에서 보석 박람회장 보석 절도 사건에 결정적 역할을 한 한국 형사들에 대한 조명이 여러 차례 있었던 터라 하남성 공안들의 세미나에 대한 관심과 참여도는 극에 달했다.

등청량이 상욱에게 보인 존경심으로 인해 벌어진 해프닝이 확대 해석된 면이 있고, 공안부에서 장물을 회수하지 못한 부분을 축소하기 위해 특수대 3팀을 띄운 측면이 강했다.

어쨌든 외사국장 오현화는 모든 공이 한국 쪽으로 몰리고 세미나도 확대되자 소속 직원들을 독려해 사진 찍기에 여념이 없었다.

물 만난 고기처럼 신이 나 있던 그와 달리 상욱은 일정이 끝나기 무섭게 관광을 나섰다.

하남성에서 관광 일정이 4일이나 잡혀 있었고, 꼭 가 보고 싶은 소림사가 지척이라 일정대로 움직였다.

다만 오현화는 중국 측의 세미나 연장 요청을 받아들이지 않은 것이 못내 서운했는지 상욱에게 불만이 쌓였다.

그러거나 말거나 부서 자체가 다른 상욱이라 일정 변경을 확실히 거부했다.

버스는 정주에서 소림사로 향했다.

그날 저녁, 등봉현登封縣.

소림사 특수를 연중무휴 제대로 누리고 있는 등봉현이다.

4천 곳에 달하는 무술 학교가 생겼고, 1년이면 셀 수 없는 관광객이 소림사를 거쳐 지나갔다.

그래서 아홉 개의 계인이 이마에 박힌 중이 얼굴이라도 비치려고 하면 대로가 열리고 극진한 대접을 했다.

그래도 한국의 작은 시에 불과한 현縣이라 등봉현 저녁은 조용한 편이었다.

상욱은 이 조용한 저녁을 만끽하고 싶었다.

내일 소림사 관광 일정이 있어 오늘은 간단한 저녁을 원했지만 뜻대로 되지 않았다. 의외의 손님이 상욱을 찾았다.

종리세가에서 봤던 문홍서였다.

상욱은 문홍서가 호텔 로비에서 기다린다는 프론트의 연락을 받고 내려갔다.

"박 형, 일정이 빡빡하다 들었는데 쉬는 시간에 찾아와 미안하오."

능글능글하던 문홍서가 다급한 얼굴색이었다.

"별말씀을 다 하십니다. 이틀 전 언제라도 손을 보탠다는 말 허투루 한 농이 아닙니다. 그보다 식전이죠?"

"그렇기는 합니다만."

문홍서가 그 뒤에 서 있는 일행 넷을 보며 눈치를 봤다.

상욱의 시선이 그들에게 갔다.

비록 챙이 작은 노립蘆笠(삿갓)을 썼지만 딱 봐도 중이다. 중국이나 한국이나 승복은 비슷했다.

"할 말씀이 있으신가요?"

"그렇소."

"그럼 배를 채우며 말을 나눕시다. 다 살자고 먹는 것이니 말이오. 그리고 일행분들은 입에 거북한 식사만 피하면 되지 않습니까?"

"휴우, 알겠습니다."

문홍서는 뒤를 보며 허락을 구하고는 답을 줬다.

상욱은 이 상황에 흥미가 일어났다. 그가 본 문홍서는 눈치를 볼 인간이 아니었다.

곧 호텔 식당으로 자리를 옮겼다.

문홍서는 따로 지배인을 불러 귓속말을 하자 사방이 벽인 룸을 내줬다.

상욱이 원형 탁자에 앉자 문홍서가 맞은편에 앉았다.

그러자 문홍서 일행도 문홍서 좌우로 앉아 노립을 벗었다.

"흐─음."

예상은 했지만 진짜 아홉 개의 계인을 머리에 찍은 중년의 중들을 보자 상욱은 여러 생각이 들었다.

"사문의 어른들이시오."

문홍서가 소개를 하기는 하는데 신분을 말하기 꺼려 했다.

"한국에서 온 박상욱입니다. 18나한 동인을 뵙게 되어 영광입니다."

"우리를 알고 있소?"

두개의
심장을
가진자

넷 중 가장 어려 보이고 얼굴선이 갸름한 중이 심각한 얼굴로 물었다.

"몇 가지 사실로 추측했을 따름입니다. 그리고 신분을 굳이 밝힌 점은 신뢰의 문제라서 말이죠."

"추측과 신뢰?"

입을 연 중이 계속 대표해 말했다.

"소림과 가까운 등봉현에서 아홉 개 계인을 찍고, 주먹에 괭이가 박힌 네 분 무술 승려가 제 눈앞에 계시니 소림사 출신일 테지요. 게다가 손목 안쪽을 유독 조심하니 표시가 날 무엇이 있다는 뜻이 아니겠습니까? 무협 영화에 나올 정도로 18나한 동인은 팔뚝에 용 문신이 있는 걸로 유명하게 알려져 있습니다만."

"음, 추측은 그렇다 해도 신뢰는 무슨 말이오?"

"문 형과 말을 섞다 보면 들을 말과 듣지 말아야 할 말을 다 들을 것 같습니다. 저와 스님들 간에 신뢰가 없으니 능력이라도 보여 줘야 문 형이 속 시원히 말을 할 것이 아닙니까."

"허허, 시주 말이 시원시원하구려. 사형들, 문 사질이 사람을 잘 찾아왔습니다."

일행을 대표하는 중의 말에 나머지 중들이 고개를 끄덕였다.

"박 시주, 그대의 말처럼 나와 사형들은 18나한 동인으로, 난 각화일세. 그리고 오른쪽부터 각명, 각법, 각정의 법명을 갖고 있네."

"명법정화明法靜和. 밝은 불법으로 세상을 깨끗이 하다. 한 분의 스승으로 모시고 계십니까?"

상욱이 농처럼 던진 말에 넷이 서로를 봤다.

"허~. 입을 열면 밑천까지 털릴 일이로군."

각화가 상욱의 말을 인정했다.

"신뢰가 좀 쌓였습니까?"

"굳이 말이 필요 없어졌네. 사질, 설명을 부탁하네."

"크흠, 사숙들이 마음을 편히 갖게 해 줘 고맙소."

문홍서가 나섰다.

"이제 용건을 들을까요."

상욱이 상체를 앞으로 기울였다.

"소림사에는 천불전이라는 전각이 있소. 서방성인을 모시는 곳으로 그곳을 관리하시는 분이 사라지셨소. 온다간다 명확히 말씀하시는 분인데…… 게다가 그분은 소림의 장로로 사숙의 법명은 각원이라 하오."

"며칠 전 몇 시경 일입니까?"

"오늘로 3일째 되는 날이고 마지막으로 본 시간은 저녁 10시가 지났다고 했소."

"사라진 것을 확인한 시각은?"

"아침 예불 전이니 새벽 5시 정도일 게요."

"나를 찾아올 정도면 사사로이 가시는 곳은 연락을 다 취

두 개의 심장을 가진 자

하셨을 것이고. 혹여 가족분들은 연락이 되십니까?"

"어려 귀의한 분인데 가족과 연은 접은 지 오래일세. 게다가 소림 밖이라고는 특별한 행사가 있을 때나 외출하시니 속세와는 담을 쌓았다고 봐도 무방하네. 그리고 운수납자도 내가 알기로 30년 전일세."

각화가 옆에서 보충 설명을 길게 했다.

"흠, 그럼 납치라고 보십니까?"

"어김이 없네."

"그럼 두 가지 경우입니다."

"어떤?"

"범인은 면식범이거나 어떤 것으로 유인했거나."

"면식범이거나 유인이라……."

"제가 보기에는 면식범 소행으로 보입니다. 각원이라는 분이 30년을 소림에 있었다면 유인은 배제해야겠습니다. 어떤 일이든 세월이 가면 무뎌집니다. 아무리 아픈 기억도 보통 10년만 지나도 가슴에 묻혀 잊혀집니다. 하물며 30년이면……."

"틀린 말이 아닐세. 본시 중이라면 마땅히 그러하고 또 각원 사형은 평소에도 정진 정정진해서 무승답지 않게 해탈을 좇는 학승 같은 분이셨네."

"혹 무공이 떨어지는 편이었습니까?"

"아닐세. 사형은 천재는 아니어도 성격이 꾸준해 대단한 무승일세. 근 2년 동안 사대금강의 추천을 받을 정도니."

각화가 문홍서를 제치고 나섰다.

"그럼 답이 현장에 있을 것 같습니다. 간단히 요기만 하고 출발하시죠. 대신 저희 일행이 같이 갈 것입니다."

"지금 출발한단 말인가?"

"범죄가 발생한 시간의 현장 수사는 기본 중에 기본입니다."

"그러한가?"

"통상 사건 현장은 두 번을 살핍니다. 첫째가 현장 파악이 용이한 낮이고, 둘째가 발생 시간입니다. 그 시간대에 있을 수 있는 특이한 상황을 파악하기 위해서입니다."

"일리가 있는 말이군. 사찰에 연락을 하겠네."

똑똑.

공교롭게도 각화의 말이 끝나자 밖에서 노크를 했다. 이제야 저녁 식사가 들어왔다.

상욱은 흔들리는 버스 안에서 스마트폰으로 들려오는 오현화의 잔소리를 감내해야 했다.

당연히 버스에는 오현화가 없었다. 그를 호텔에 떼어 놓고 소림사에 온 것이다.

이것이 화근인지 귀가 따가웠다.

일정에도 없는 상욱과 특수대 3팀과 정주 공안청의 요인과 약속을 깼다는 둥, 그가 책임자로서 소림사에 같이 가야하는데 먼저 가 버려서 일정 조정을 하고 있다는 둥, 여러 가지로 상욱의 귀를 괴롭혔다.

"으따메, 확 주둥빼기를 꿰매 뿐자스고 잡네."

버스 옆 좌석에서 통화 내용이 들리는지 덕치가 중얼거렸다.

그렇게 소림사로 가는 길은 상욱의 머리를 지끈거리게 만들었다.

1시간을 달려 도착한 소림사의 산문은 의외로 초라했다.

여덟 명이나 되는 숫자라 잠시 시끄러웠으나 소림사에서 나온 중들의 분위기가 엄숙해 입을 다물고 현장으로 곧장 안내되었다.

상욱이 천불전에 도착한 시간은 저녁 10시였다.

어둠에 싸여 있어 불빛 한 점 없는 천불전에 도착한 상욱은 이영철이 건넨 덧신을 받아 신었다.

혈흔형태학 세미나 때 현장 보존의 중요성을 강의하기 위해 가져온 일회용 장비 중 하나였다. 그렇게 가져온 장비들이 줄줄이 천불전 앞에 진열했다.

"가변화광선기를 준비해 줘."

상욱은 이영철에게 준비를 시켰다. 그러자 이영철이 검정 트렁크를 열었다.

안은 계란 판과 같은 검은 스펀지에 원통형의 70센티미터 플래시 등의 물건이 놓여 있었다. 그 옆에는 검은 소켓과 빨간, 노랑, 녹색의 렌즈가 각각 두 벌씩 담겨 있었다.

이것이 2000년대 초반에 과학수사에 획기적 혁신을 일으킨 가변화광선기였다.

당시 대당 1,100만 원대의 엄청난 고가를 자랑했었다. 현재는 지금과 같은 특별한 상황이 아니면 사용하지 않는 구닥다리에 불과했지만 말이다.

어쨌든 상욱은 이 가변화광선기를 건네받았다. 그리고 혼자서 천불전 앞에 섰다.

출입 자체가 현장의 증거를 훼손하기에 천불전 밖에서는 이영철이 각화를 비롯한 여러 사람을 막아서서 설명을 했다.

"팀장님은 빛을 이용해 사람의 흔적을 찾으려고 합니다."

"사람이 보는 것이 다 똑같지 않은가?"

각화가 나서서 물었다.

"빛이 과학과 만났다고 보시면 됩니다. 과학에서는 빛을 나노미터란 단위로 구분해 1에서 700까지 수치화를 했습니다. 저 기계 가변화광선기는 그 수치를 다 구현할 수 있습니다. 따라서 빛이란 범위에 포함되는 자외선, 적외선을 기계 조작을 통해서 다 볼 수 있습니다. 물론 태양광과 똑같은 최상의 빛도 마찬가지입니다. 지금과 같이 말이죠."

이때 상욱은 가변화광선기의 뒤에 소켓을 끼워 넣고 앞쪽 버튼을 누른 후 센서를 조정해 밝기를 550나노미터에 맞췄다.

위잉.

기계음과 함께 원통 앞에서 나온 빛의 파장은 흐트러짐 없이 빔과 같이 천불전을 비췄다.

40센티미터 광원이 일직선으로 맞은편 벽에 닿았다.

"욱."

갑자기 밝아진 천불전에 가까이 있던 문홍서와 각화를 비롯한 소림사 관계자들이 소매를 올려 얼굴을 가렸다.

가변화광선기에서 나온 빛이 어찌나 밝은지 태양을 마주하고 눈을 뜬 것 같았다. 더구나 어둠에 있다 갑자기 나온 밝은 빛이 다들 시선을 찾기 위해 한동안 고개를 돌렸다.

상욱은 그가 원하는 방향으로 빛을 보냈다.

얼굴에는 투명한 고글을 착용했고, 오른 어깨에는 가변화광선기와 연결된 멜빵이 걸려 있었다.

반쯤 무릎을 굽힌 상욱은 가변화광선기에서 나온 빛을 15도 사광선으로 천불전 바닥을 비췄다.

뿌연 먼지 아래로 수많은 발자국들이 음영을 드러냈다.

입구를 주변으로 급박하게 배회한 발자국들. 더불어 안쪽의 몇몇 족흔적들이 이어져 보였다.

이때 상욱의 안구 주변의 일곱 개 근육들이 벌 떼의 날개처럼 움직였다.

최근에 찍혔던 발자국부터 천천히 걷어 내며 안으로 접근했다. 그리고 탁자 앞에 멈춰 섰다.

유독 깊게 파인 발자국들과 소림의 중들과 상이한 발자국이 보였다.

그걸 보길 한참.

상욱은 마침내 일어나 무릎을 털었다. 그리고 밖으로 나왔다.

"무엇을 찾았소?"

각화가 다가왔다.

"무엇을 찾은 것은 아닙니다. 천불전에 찍힌 발자국을 보고 당시 상황을 재현해 볼까 합니다."

말을 마친 상욱은 천불전 밖으로 나섰다. 그는 여러 사람이 지켜보는 상황에서 몸을 반쯤 틀었다가 훌쩍 뒤로 물러났다.

그러곤 기묘한 걸음으로 앞으로 나서다 툭 멈춰 섰다.

상욱은 자리를 이탈해 분필을 가져와 그가 밟았던 자리를 분필로 모양을 그려 넣었다.

"나한18권 동불추마銅佛追魔?"

각법이 깜짝 놀랐다.

상욱의 발이 땅바닥을 훑고 물러났다 공격하는 모양이 표시되자 나한 18권 동불추마 초식과 같았다.

여기에서 상욱의 움직임은 끝나지 않았다.

같은 동작을 반복하며 각원이 취할 수 있는 팔 동작을 여러 가지로 움직였다.

그러다가 잠시 멈춰 서서 물러나야 했던 원인을 고민하고는 다시 상황을 유추하고는 이번에는 공격자의 발자국을 따라 움직였다.

상욱은 멀찍이 물러나더니 2미터의 거리를 훌쩍 훌쩍 네 걸음 뛰어 앞으로 나가 멈춰 섰다.

그리고 천천히 반걸음을 내디뎠다가 다시 물러났다. 그런데 이 발뒤꿈치가 들린 가벼운 움직임에 소림승들이 곤혹스러운 표정을 지었다.

무림에서 활동하고 있는 살수문의 신법과 특이한 문파 몇이 이런 신법의 특징을 지니고 있었다. 그들을 다 합치면 족히 스무 곳이 넘었다.

하물며 거기에 소속된 사람들의 숫자를 헤아린다면 상당한 인원이었다.

"흠, 상당히 흥미롭군."

가만히 지켜보던 이철로가 상욱의 앞으로 나섰다.

"합을 맞춰 봅시다."

상욱이 이철로가 원하는 바를 말했다. 벌써 한 달 넘게 손발을 섞었던 두 사람이다. 그런 그들이니 자연스럽게 역할 분담을 했다.

신법이 복잡한 각원은 상욱이, 암습자는 이철로가 맡았다.

"오십시오."

이철로가 상욱이 펼쳤던 신법으로 톡톡 뛰어 상욱 앞에 섰다. 상욱은 곧바로 반응하지 않고 한 템포 늦췄다가 양팔을 휘저으며 물러섰다.

팍.

그리고 왼발을 박차고 앞으로 나가며 양손을 두 번 때리는 공격을 하다가 우뚝 멈춰 섰다.

"뭔가, 이게 다인가?"

이철로가 상욱을 바라봤다.

상욱은 고개를 끄덕였다.

모두 의문에 찬 시선을 보내자 상욱은 천불전 입구로 갔다. 그리고 가변화광선기 트렁크를 뒤져 녹색 케이스와 거위 겨드랑이 깃털로 만든 붓을 꺼냈다.

"무엇을 하려고?"

이철로가 이영철을 봤다.

"저 녹색 케이스에 마법의 가루가 담겨져 있습니다. 잠깐만 기다리면 됩니다."

이영철의 설명에 다시 상욱에게 시선이 쏠렸다.

고글을 착용하고 가변화광선기를 멘 상욱이 바닥에 광선을 쏘아 위치를 확인하고는 거위 깃털 붓을 녹색 케이스에 넣었다.

두 개의
심장을
가진자

살짝 굴려 꺼낸 붓에는 녹색 가루가 묻어 나왔다. 이 붓대를 바닥 30센티미터 위에서 엄지와 검지로 비볐다.

중력에 따라 가루가 바닥에 떨어져 도포됐다.

그 과정을 몇 차례 반복을 한 상욱이 가변화광선기를 들어 처음 15도 사광선을 비추는 형태로 다시 비췄다.

화—악.

녹색의 야광 가루가 발광을 했다.

각원의 발자국과 폭이 좁고 길이가 짧은 신발 자국. 누가 봐도 틀림없는 여자의 것이었다.

그리고 두 걸음 앞으로 나섰다가 한껏 뭉개져 있는 바닥의 자국은 각원이 쓰러진 자리라는 것을 여실히 보여 줬다.

"음."

천불전 밖에서 침통한 탄성이 흘러나왔다.

"암수에 당했군."

각화가 말을 하며 천불각 안으로 성큼 들어섰다.

상욱은 손을 들어 제지하며 가변화광선기를 조작했다. 빛의 색이 푸른색으로 바뀌자 각원이 쓰러진 머리 부분에서 보랏빛으로 발광을 했다.

"면봉과 식염수."

상욱은 이영철에게 말하고 일어났다.

"그것은?"

각화가 빛의 색이 바뀌자 상욱에게 바짝 다가갔다.

그러자 상욱은 손짓으로 아예 사람들을 불러들였다. 그 주변으로 문홍서와 18금강 동인 등 소림사 측과 특수대 3팀 그리고 이철로 등이 다가왔다.

"지금 저는 자외선이란 빛을 사용하고 있습니다. 타액, 땀, 정액에 반응을 하는 광선입니다. 여러분이 보시는 대로 각원대사가 넘어진 위치로 보아 타액으로 보입니다. 일단 특정 독에 반응하는 표본 검증을 할 예정입니다."

가변화광선기가 바닥을 비추게 고정한 상욱이 말을 마치자 이영철이 면봉과 식염수를 건넸다.

식염수를 적신 면봉을 상욱이 보랏빛으로 발광하는 부분에 대고 한참을 기다렸다.

식염수로 말랐던 침이 빨려 올라오며 보랏빛으로 서서히 바뀌었다. 그것을 집어 든 상욱이 이영철에게 줬다.

이영철은 가로 1센티미터, 세로 4센티미터의 흰색 키트 세 개를 김명관과 오영길 그리고 차동현에게 나눠 줬다. 그리고 그는 끝이 넓은 핀셋을 들었다.

그는 면봉을 받자 그 끝을 핀셋으로 눌러 짰다.

약독극물 키트 세 개에 면봉에서 짜인 물기가 스며들었다.

"참 생긴 것이 임신 테스트기 같군."

이철로가 고약스럽다는 표정이다.

"그 원리를 이용한 기구가 맞습니다."

이영철이 말했다. 그러나 시선은 세 키트에 맞춰져 있었다.

"매스, 사이안 두 개에서 반응이 보이는데."

김관명이 상욱에게 말했다.

"매스암페타민과 사이안산 두 가지나요?"

상욱이 되물었다.

"매스암페타민? 사이안산?"

그러자 약왕전주라는 각연이 한국말에서 영어를 알아듣고 상욱에게 눈을 맞췄다.

"혹 두 가지 성분이 뜻하는 바를 알고 계십니까?"

"메스암페타민은 아편, 사이안산은 청산가리를 정제한 청산염을 이르고 산공독散功毒의 주재료요."

"산공독?

각연과 말을 나누던 상욱은 무협에서나 등장할 독이 튀어나오자 한쪽에 치웠던 붓을 다시 들었다.

그가 향로에 녹색 형광 분말을 칠하자 향로 꼭지에서 지문이 나왔다.

다시 가변화광선기의 광원을 바꾸고 지문을 확인했다. 광원에 비친 지문은 골이 촘촘하고 작아서 여자 것이 분명했다.

여자의 발자국 역시 탁자 앞에 멈춰 있으니 여자의 행동까지 유추가 됐다.

"범인이 여자라……."

상욱이 중얼거리며 향로를 열어 재를 수거해 이영철에게

줬다.

곧장 식염수에 재를 희석하고 약독극물 키트를 확인한 이영철이다.

"똑같은 성분입니다."

천불전의 분위기가 한층 무거워졌다.

왜 아니겠는가?

납치한 당사자가 여자란 사실을 떠나, 향로에 향을 대신해 산공독을 넣을 수 있는 사람이 내부자라고 가리키고 있지 않은가.

더구나 늙은 중이 여자와 면식이 있다는 것은 치부에 가까웠다.

각화의 얼굴이 붉어지는 것을 보며 상욱은 일행에게 눈짓을 했다.

이쯤에서 발을 빼야지 더 들어가면 진창에 발목까지 잠길 우려가 있었다.

상욱은 가변화광선기 트렁크에 사용한 도구를 챙겨 넣고 문홍서에게 눈짓을 보냈다.

"크흠, 사숙."

"응? 아무래도 손님들을 더 모시고 계셔야겠구나. 도움 받을 일이 더 있을 것 같구나."

각화는 상욱의 시선을 피하며 말했다.

"저희에게 3일 정도 여유가 있습니다. 그동안 소림에 머물

두개의
심장을
가진자

며 관광을 하겠습니다. 그 후로는 시간이 안 됩니다. 저희가 중국 공안부와 협업으로 전국 순회 세미나 중에 있거든요. 참고로 다음은 호북성 공안청입니다."

상욱이 문홍서에게 말했지만 문홍서는 소림사에 상욱이 양보를 한다고 돌려 전했다.

지금 상황은 입이 죄였다.

"아미타불, 고맙소."

각화가 반장을 하며 상욱에게 허리를 반쯤 숙였다.

상욱 일행은 그길로 문홍서의 안내를 받아 소림사가 운영하는 경내 호텔로 이동했다.

다음 날 새벽.

땡-. 땡.

새벽 예불을 알리는 타종을 들으며 상욱이 잠자리에서 일어났다.

침대 옆에 놓인 휴대폰을 들어 버튼을 누르니 액정에 05:00가 빛을 발했다.

곧장 일어난 그가 스트레칭으로 몸을 늘리자 옆에서 자던 덕치가 일어났다.

"아구메, 잠도 없당께."

그 역시 말은 그리해도 일어나 몸을 깨웠다.

"쓰읍."

짧은 호흡을 들이키더니 1분여 동안 숨을 멈췄다. 그리고 양 주먹을 쥐고 복부 앞으로 쭉 뻗더니 등을 둥글게 말았다.

드. 드. 드득.

척추 직립 근육이 늘어나고 비틀린 척추뼈가 맞춰지며 시원한 소리가 났다.

"후─우."

긴 호흡을 내뱉고 덕치는 결가부좌를 했다. 운기조식을 할 모양새다.

상욱은 그런 덕치를 놔두고 밖으로 나왔다.

멀리 맞은편 태실봉이 안 보일 정도로 어두웠지만 소림사는 이미 깨어 있었다.

"처, 핫!"

멀리서 기합과 함께 발을 구르는 소리가 들려왔다.

"참 대단한 나라군."

소리만으로도 노력이 보였다.

저 많은 이들 중 최고만이 소림에서 우뚝 설 것이다. 이런 자들 중에 각원 같은 소림 중이 나온다.

그런데 그 소림 중이, 그것도 소림의 중지에서 납치가 되었다니 참으로 아이러니였다.

그래서 상욱은 어제 소림에 시간을 줬다. 소림이 소림으로 남으라고, 억류 아닌 억류를 자처한 이유였다.

어쨌든 상욱은 산책 행보는 어제 잠들기 전 보았던 관광

두개의
심장을
가진자

지도의 탑림을 향했다.

한참을 걸어 올라가자 탑림이 눈에 들어왔다. 몇 걸음 더 올라가려는데 앞으로 여섯 개의 계인을 찍힌 승려가 앞을 막아섰다.

"시주, 탑림은 시간에 맞춰 관광을 할 수 있습니다. 지금은 개방된 시간이 아닙니다. 돌아가시죠."

반장을 하는 소림은 꽤나 정중했지만 한편으로는 위엄이 잔뜩 실려 있었다.

'굳이 내공까지.'

상욱은 이해가 되면서도 짜증이 났다.

그처럼 아침 일찍 탑림에 오르는 사람이 숱하게 있었을 것이다. 그중에는 별난 사람도 많았으리라.

하지만 어제 그는 분명히 각화에게 소림사에 머물며 관광을 한다고 말했다. 명백한 양보였다.

아무리 소림사에 큰일이 있어도 배려를 저버릴 정도면 배려할 가치가 없는 집단임에 틀림없었다.

"흥."

상욱은 본심을 여과 없이 드러내고 돌아섰다.

"사람을 보는 눈이 그렇게 없어서야. 쯔쯔쯔."

탑림 입구에서 노회한 목소리가 들렸다. 상욱이 돌아보니 노승이 싸리 빗자루를 들고 끌탕을 하며 내려왔다.

"사조님을 뵙습니다."

두 소림승은 허리를 굽혀 인사를 했다.

"각화가 말한 젊은이군."

노승은 소림승을 외면하고 상욱을 위아래 살피며 말했다. 그러다 흠칫 놀라 한 걸음 물러났다.

"선재, 선재, 아미타불."

상욱이 내공을 잠깐 일으켜 노승의 존재를 가늠하려는 순간 노승이 상욱에게 반장을 했다. 그러고는 상욱을 청했다.

"나는 탑림지기를 하고 있는 원화라는 중일세. 본래 차 따위를 좋아하지 않지만 차나 한잔하세나. 누가 말하길 억지 차도 마셔야 한다더니 오늘 내가 그 짝이네. 허허허."

"저 역시 새벽에는 뭘 먹지 않습니다만 오늘은 차 한잔이 간절하군요."

상욱은 기꺼이 초대에 응했다.

그러자 원화는 상욱에서 두 소림승에게 시선을 돌렸다.

"문정은 각화를 부르고, 문호는 손님을 맞을 준비를 하여라."

그는 상욱에게서 등을 돌려 앞장을 섰다.

원화의 내심은 간단명료했다. 대접을 받을 만한 젊은 손님을 봤고, 호기심이 일어나 청했을 뿐이다.

물론 경내에서 중이 사라졌고 소림의 온 신경이 여기에 가 있었지만 천년 소림의 무게는 가볍지 않았다.

새벽에 머리를 식힐 겸 탑림 입구로 올라오는 자의 기운이 화경이라 마중 나왔다.

앞서가는 노승을 따르며 상욱은 굽은 허리와 깡마른 체구에 숨겨진 노승의 힘을 가늠하고는 고개를 흔들었다.

성인의 세포는 나이 30세, 근력은 나이 40세를 기점으로 퇴화한다. 노승 역시 세월 앞에 무상해 보였지만 감춰진 몸은 청년과 다를 바가 없었다.

어깨 근육 승모근은 구부정한 허리에, 통나무 같은 팔다리는 헐렁한 승포 자락 안에 숨겨졌다.

게다가 아이처럼 밝은 눈 깊숙한 곳에서 언뜻 비쳤던 정광은 내공으로 건너뛴 세월을 짐작케 했다.

이 노승을 따라 탑립을 지나쳐 20여 분 산길을 걷자 작은 암자가 나왔다.

반행암半行庵

세로로 된 편액에 적힌 암자 이름은 참 독특했다. 그 옆에 낙수여정落水如釘이란 소작횡액(작은 횡글씨) 네 글자는 반행과 대치되는 말이다.

"왜, 이상한가?"

원화는 편액을 올려다보는 상욱에게 말했다.

"아닙니다. 가벼운 가운데 치열함이 느껴집니다."

"그렇지. 뭘 모르는 놈들이야 의미 없이 지나치지만 1분만

머리를 굴려도 답이 나오지. 반행半行, 이미 시작했으니 반절만 가면 되는 길이지. 나머지는 물이 바위를 뚫듯 죽도록 노력하면 될 일."

"말처럼 쉬운 일이 아니지요."

상욱이 미소를 지으며 말했다.

"그런 길을 가고 있는 사람이 더 무섭구먼. 그대를 보니 얼마나 치열하게 살았는지 알겠어. 그 나이에 그런 경지라니. 중놈들이 배워야 하는데. 자, 들어감세."

짐짓 눈까지 부라리며 노승 원화는 타박을 했다.

둘은 암자 안에 들어서 거실과 비슷한 마루에 앉았다.

중국은 온돌 문화가 없지만 사찰의 경우 갱炕이라는 큰 돌로 골을 만들어 바닥을 지폈다.

이 암자 역시 그런 형태였지만 방바닥은 그다지 따뜻하지 않았다. 지금 계절이 겨울이고 보면 점심 전에 냉골이 될 방이었다.

"바닥이 고만하네. 따뜻하면 눕고 싶은 게 인간이라."

탁.

원화는 문을 닫고 앉았다.

'진짜 낙수여정의 표본이군.'

상욱의 속내였다.

그는 들어오며 방 안을 둘러봤다.

방은 단출했다. 다탁 위에 불경 몇 권과 한쪽에 잘 개어 놓

두 개의
심장을
가진 자

은 이불 한 채가 전부였다.

"중이 사는 게 이렇다네."

원화는 멋쩍은 미소를 지으며 밖을 봤다. 마침 문이 열렸다.

각화가 들어섰고 뒤에 선 문호의 양손에는 다구와 향로까지 들려 있었다.

"들어왔으면 앉아."

원화가 각화에게 종용을 했다.

오긴 왔지만 이 상황이 못 마땅한 눈이 역력한 각화였다.

"손님을 물리시면 안 되겠습니까, 사조님?"

각화는 여전히 선 채로 말했다.

"무례하구나."

원화의 얼굴이 붉어졌다.

그사이 문호는 다구와 화로를 내려놓고 자리를 피해 버렸다.

"급히 드릴 말씀도 있고……."

"여기 말고 다른 곳에서도 소림과 똑같은 일이 일어났군요."

상욱이 각화의 말을 끊고 끼어들었다.

"허―어."

탄식에는 의심도 함께 들어 있었다.

"그런 것이더냐?"

이번에는 원화가 각화에게 물으며 상욱을 바라봤다.

"그렇습니다, 사조님."

각화가 답을 했다.

"뻔한 것 아니겠습니까. 소림의 일이라면 저에게는 이미 알려진 일인데 굳이 물릴 이유까지는 없지요. 필요한 말은 아꼈다가 나중에 알릴 일이죠. 하지만 남의 이야기라면 사정이 달라지겠죠. 그리고 각화 스님이 이리 난처한 표정을 지을 일도 아니고요. 차는 다음으로 미뤄야겠습니다. 저는 일어나겠습니다."

상욱이 두 사람의 생각을 앞질러 말했다. 그리고 일어섰다.

"젊어서 그런지 성격이 급하군, 일단 앉으시게. 어디더냐?"

원화는 상욱에 이어 각화에게 말했다.

"……."

하지만 각화는 여전히 입을 다물었다.

'무당이군.'

상욱은 속으로 답을 내놨다. 물론 입을 열 생각은 추호도 없었다.

"혹 시주는 그곳이 어딘지 알겠는가?"

원화의 물음에 상욱은 고개를 흔들었다.

"어찌 알겠습니까?"

두 개의
심장을
가진 자

"재미가 없군. 이것은 어떤가?"

원화는 탁자 위에 금박으로 싸인 환단을 올려놨다.

"소환단?"

말하는 각화의 눈이 커졌다.

"맞다."

원화는 각화의 말에 긍정을 표했다.

"무슨 뜻입니까?"

상욱은 심각한 얼굴로 물었다. 지금 그의 입장에서는 없는 내공도 만들어야 할 처지다. 내공이 곧 마계로 갈 티켓과 같았다.

"말 그대로일세. 나에게는 아쉬움이고 그대에게는 재미가 아닌가? 그대 말처럼 실종 건이 또 있다니, 그곳이 어딘지 맞히고 또 한 가지 부탁을 더 들어주면 되네."

"그 부탁은 범인이 누군지 지목하는 일이겠죠?"

"이르면 말이 아니지."

원화는 뻔뻔한 얼굴로 상욱을 보며 웃었다.

이 말은 납치한 범인을 잡는데 발 벗고 나서 달라는 말과 같았다. 상욱은 잠시 고민을 했다.

'어차피 다음 일정은 호북으로 잡혀 있고, 무엇보다 왜 범인이 무림의 사람들을 납치했는지 궁금하기도 한데……'

잠시 돌아가며 머리를 굴리는 일이라 상욱은 고개를 끄덕였다.

"좋아, 좋아. 믿을 만한 사람이 합류한다니. 그 전에, 일이 터진 곳이 어딘가?"

"무당파 같습니다."

"허허."

상욱의 말이 떨어지기 무섭게 각화가 헛웃음을 터트렸다. 웃음이 곧 긍정이었다.

"어찌 알았는가?"

원화 역시 궁금한 표정을 지었다.

"소림의 장로에 가까운 18금강 동인인 각화대사 정도 되는 사람이 꺼릴 것이 뭐가 있겠습니까? 그것도 사조님의 대답에 망설일 정도면 소림에 비견할 만한 곳이 아니겠습니까? 하남성 근처에서 그만한 곳은 호북의 무당파겠죠."

상욱이 어깨를 으쓱이며 당연한 것 아니냐는 몸짓을 취했다. 그러곤 탁자 위에 놓인 소환단을 슬며시 집어 갔다.

"귀물에 임자가 생겼군. 단 이 문제 해결에 결정적 도움을 줘야 한다는 전제 조건이 있다네."

원화가 말을 하며 상욱보다 먼저 소환단을 낚아채 각화에게 건넸다.

"너는 이 시주가 범인을 지목할 경우 소환단을 주어라. 단 소림에서 범인을 잡을 경우 결정적 역할을 한 자가 소환단의 주인이다."

원화의 결정은 묘한 경쟁심을 유발했다.

"저도 포함되어 있습니까?"

각화가 소환단을 품에 넣으며 말했다.

"별것을 욕심내는구나."

"……."

각화가 원화의 말에 얼굴이 붉어졌다.

그는 본신의 능력에 자부심이 있었다. 또 이것으로 내공을 끌어올리기 위해서도 아니었다. 다만 이 신외지물이 필요한 이유가 따로 있었다. 그래도 속물처럼 비쳐져 수치심이 들었을 뿐이다.

"이제 차를 한잔 마셔도 될까요? 심도 있는 대화가 필요할 것도 같고."

상욱이 분위기를 바꿨다.

"그래야지, 손님을 모셨으니 말이야."

차가 돌고 잔이 비워지자 상욱이 각화에게 물었다.

"내부 공범은 색출했습니까?"

"실종된 각원 사형의 제자가 향로에 산공독을 넣었네. 그를 추궁했지만 아직까지 입을 열지 않고 있네."

"그럼 그가 협박받고 있는지 주변을 확인해 봤습니까? 아니면 비리와 연결되어 있든지."

"건물 하나가 달랑인 천불전에 무슨 비리가 있겠나. 그의 주변은 감찰승들이 속가제자들에게 살피도록 했고 오전 중에 연락이 오기로 되어 있네."

"안타까운 일이로군요."

"크흠, 그대는 한국 사람이라고 들었는데 우리나라의 습성과 말에 능통하군. 한족과 핏줄이 섞여 있는가?"

원화가 뜬금없는 말로 끼어들었다.

"오해하고 계십니다."

"참, 형사라고 들었는데……."

"한 달 일정으로 공안부 세미나 참석 중입니다. 짧게 머물다가 금방 떠날 겁니다."

상욱이 웃으며 답했다. 속뜻에 여기 일이 새어 나가지 않았으면 하는 의미이리라.

"참 눈치 한번 시원시원허이. 그대 같은 인재를 길러 낸 사문이 어딘지 궁금하군."

"몇 곳과 인연이 있으나 딱히 사문이랄 곳은 없습니다."

"그럴 만도 하겠군. 그대 정도라면 오히려 몇몇 문파나 가문에서 등을 비비겠군."

원화의 오해에 상욱은 대답을 하지 않았다. 구차하게 말하다 보면 살아온 인생까지 노래를 불러야 할 판이었다.

"그럼 혹 총지종과 인연은 있는가?"

"원종 사백님과 교분이……."

상욱은 대답을 하다 덜컥 덫에 걸린 듯해 말을 짤랐다.

"역시 만만치 않은 가문의 사람이군."

지나치는 원화의 말이었다. 그래도 귀찮은 일이 꼬일 분위

두 개의
심장을
가진자

기다.

"사람 인연이 하나 건너이지 않나. 나중에 봄세, 내일 호북으로 갈 준비도 해야 할 일."

상욱은 원화의 말에 자리에서 일어나려다 다시 주저앉았다.

"참, 오늘 무당과 연락을 취하실 테죠?"

"당연하지 않은가."

"그럼 납치된 두 사람의 접점을 찾아보십시오."

"접점?"

"동향이거나 같이 동행을 해 어떤 일을 했는지 말입니다."

"알아는 보겠네만."

원화가 참 별스럽다는 표정이다. 그러나 상욱 자리에서 일어나 고개를 숙였다.

원화라는 이 노승과 만날 인연이 있지 않을까 싶었다.

상욱은 그 길로 호텔로 내려갔다.

로비에 들어서자 이철로가 구석에 마련된 의자에 앉아 있다 손을 들어 그를 맞이했다.

상욱이 이철로 앞에 앉았다.

"새벽에 대운동장에 나가 봤었네. 웅장하더군. 사람이 호흡을 맞춰 한 동작으로 기합을 넣고 주먹을 내지르는 일련의 동작이 감동적이랄까."

"쟁천에는 소림 같은 곳이 없죠. 국기인 태권도도 묻혀 가는 세태니까요."

"인구가 국력인데……."

"그런데 대운동장은 왜 나갔습니까?"

"새벽 산보를 나갔다기에 대운동장에 갔더니 없더군."

"방향을 잘못 잡았군요. 탑림 쪽으로 갔습니다."

"그곳까지 갔다 온 시간치고는 꽤 오랜 시간이군."

이철로가 심문하듯 물었다.

"탑림에서 소림의 늙은 스님 한 분을 만났습니다. 그래서 대화를 나눴는데 심상치 않은 일들이 일어나고 있습니다."

"심상치 않은 일이라?"

"그 일로 방에서 일행과 대화를 나눠야겠습니다."

"알았네."

"아침 식사를 마치고 모여 달라고 전해 주십시오."

"그러지. 그때 자네 방으로 덕치와 송면 형제분들을 데리고 가겠네."

이철로가 먼저 일어나 호텔 방으로 올라갔다.

1시간 후.

이철로는 로비에서의 말과 달리 혼자 들어왔다.

"다른 분들은 어디 갔습니까?"

"세 사람은 무슨 일이 있든 자네를 따른다고 했네."

두 개의
심장을
가진 자

상욱의 말에 이철로가 인상을 팍팍 쓰며 대답했다.

"무슨 일이 있군요?"

"중 흉내만 내는 덕치 그 인간과 송면 형제 간에 언쟁이 붙었네."

"네?"

상욱이 인상을 쓰며 일어났다. 곧 달려갈 기세다.

"갈 필요 없네."

—아침부터 수련 방식을 두고 티격태격하더니 내공 운용의 족태양방광경맥을 두고 한참 토론 중이니까.

이철로가 뒷말을 전음으로 보내왔다.

"알았습니다, 다들 모여 보세요."

상욱은 이철로에게 대답하고는 다시 팀원들을 불렀다.

"오늘 이후 일정을 조율할까 합니다."

상욱은 팀원들에게 통지를 했다.

"소림사에 이틀 더 머물고 호남성에서 경찰청 직원들과 합류하기로 이야기가 끝났지 않았나?"

김관명이 볼멘 목소리를 토했다.

사실 특수대 3팀 입장에서는 굳이 소림사에 머물 이유조차도 없었다. 팀장인 상욱이 소림사라는 단체의 명예 때문에 희생당하는 부분이 마음에 들지 않을 뿐이었다.

"팀원들이 불편했다면 그 점은 내가 사과드리죠."

"아니, 그 뜻은 아니고. 그 문홍서에게 베이징 절도 건을 해결하며 도움을 받았으니 의당 빚을 갚아야지. 다만 소림사 사건과 계속 연결되니까 그렇지. 거기다 또 무슨 일이 터졌나 보구먼."

"돗자리 깔아야겠습니다."

"형사 밥만 근 30년인데…… 예정에도 없이 팀장이 모이라는 이유라고 해야 일 때문 아니겠냐고."

"그러게요."

상욱은 뒷머리를 긁적이며 말을 이어 갔다.

"이곳 소림사 말고 어제 무당파에서도 유사한 사건이 일어났습니다. 저는 개인 사정이 겹쳐 개입해야 할 상황이 되어 버렸습니다."

"다른 곳에도? 그리고 개인 사정이라면 설마 팀장 혼자 떨어져 나가겠다는 말인가?"

"자질구레한 이유가 있지만 결론은 그렇습니다."

"……."

상욱의 말에 잠시 팀원들이 입을 다물었다.

짝. 짝.

그때 오영길이 박수를 쳤다.

"애들도 아니고 왜 그래요. 우리가 어미 쫓아다니는 병아리도 아니고, 팀장이 개인적인 일을 보겠다는데. 대신에 팀장."

"말해요, 영길이 형."

"여행 일정을 우리끼리 그냥 진행해도 서운하다고 하면 안

돼."

오영길은 팀원들을 보며 허락을 구했다.

"그야 당연한 것 아니우."

서둘러 한 대답으로 상욱은 팀원들의 입을 막으려 했다.

"그래도 자세한 내막은 알아야 할 것 아닙니까?"

이영철이 내심 섭섭했던지 나섰다.

"아까도 말했지만 3일 전 소림사에서 일어났던 납치 사건이 어제 무당파에서도 발생했다더군. 난 소림과 무당 사건에 개인적으로 부탁을 받았고."

"팀원들은 그냥 세미나 일정에 맞춰 움직이라는 요지네요."

"맞아."

"혼자는 아닐 테고, 이 백부 일행분이랑 같이 가시겠군요."

"뭐, 그렇지."

결국 이영철은 석연치 않은 수긍을 했다. 그러자 이번에는 이철로가 나섰다.

"우리가 가면 무당 쪽에서 부담이 안 되겠나? 가면 재미있는 일이 많기는 하겠지만."

"저도 자세한 사건 내용은 듣지 못했고 부탁만 받았습니다. 납치 형태만 비슷하지 똑같은 상황이 아닐 수 있고요."

"결론은 가 봐야 안다?"

"출발은 언제고?"

"오후에 소림 각화대사와 조율하기로 했습니다. 이르면 저녁에 출발할 수도 있겠군요."

"이런, 소림 경내만이라도 후다닥 관광을 해야겠군."

이철로가 서둘러 일어났다.

토의가 끝나자 상욱은 오현화에게 전화를 했다.

─여어~ 박 경감, 소림사는 잘 있나?

오현화가 맥없는 농담을 던졌다. 소림사에 간다고 했을 때와는 영 딴판이었다.

상욱은 그의 목소리에서 뜻 모를 기대가 엿보였다. 그래서 약간은 퉁명하게 답을 줬다.

"소림사야 혼자 크는 나무죠. 주식회사로, 게임이며 영화며 브랜드 가치가 중국 내에서는 코카콜라보다 낫다네요."

─그런가? 소림사를 두 번이나 가 봤는데도 몰랐군. 갔던 일은 잘되어 가고?

"여기서 하루 일찍 출발할 예정입니다."

3일로 잡았던 일정이다.

─급할 일이 없네. 소림사 말고 주변 관광도 천천히 하고 오게.

오현화가 넉넉하게 인심 쓰는 말을 했다.

통화 중이던 상욱이 핸드폰을 귀에서 띄고 고개를 갸웃거렸다. 그동안 보아 온 오현화는 그리 넉넉한 사람이 아니었다.

"혹 호남성에서 새로운 일정이 잡혔습니까?"

―크흠. 호남성 일정에 북경 절도 사건 피의자 검거 사례 발표가 추가됐네. 그리고 발표자로 자네를 선정했네.

'역시나.'

상욱의 예상을 벗어나지 못했다.

"이게 당황스럽네요. 모든 세미나는 오영길 경사와 이영철 경위로 지정되어 있고 저야 저희 팀 얼굴마담 정도 아닙니까? 갑자기 예정에 없는 세미나라니요. 파워포인트로 준비하는 데만 이틀입니다만."

수화기 건너편이 잠시 조용해졌다.

말에 씨가 안 먹히니 화가 난 모양이다. 물론 말끝을 '입니다만'으로 여지를 남겨 놨지만.

―그래도 어쩌겠는가. 박 경감 자네가 이제는 이번 중국 방문단 얼굴마담을 하고 있지 않나?

"뭐 그렇다면 어쩔 수 없죠. 참, 저도 일정에 약간 변화가 있는데요."

―설마 세미나 일정 외 다른 볼일이 있는 것은 아니겠지?

갑자기 짜증 모드로 돌변한 오현화가 짜증 가득한 목소리로 물었다.

"그 설마가 맞습니다."

―이익.

전화 너머로 분노가 전해졌다.

"큰 틀을 벗어나지 않고 세미나 일정에 따라 움직이겠습니다. 다만 간간이 들릴 곳이 있어서……."

─결국 자네는 자잘한 행사는 빠지시겠다.

"굳이 따지자면 별반 다르지 않습니다."

─괜히 먼저 말을 꺼내 손해 본 느낌이군. 그냥 이걸로 셈셈으로 하세. 다만…… 크흠, 알았네.

묘한 여운을 남겨 놓고 거래를 청하는 오현화다.

"그럼 저는 그렇게 알겠습니다."

─호남성에서 보세.

그렇게 상욱과 오현화 총경의 전화 통화가 끝났다.

상욱은 오현화가 통화 중에 말한 다만이라는 의미를 그때는 몰랐다. 방문하는 공안청마다 북경 절도 사건 피의자 검거 사례 발표자로 선정될 줄 말이다.

어쨌든 그 발표로 상욱은 중국에서 대한민국 형사로서 두고두고 전설로 남았다.

오후가 되자 상욱은 이철로가 있는 방을 찾아갔다.

덕치는 무료해 죽겠다는 표정이고 이철로는 검을, 송면 형제는 만상궤의 무기를 손질하고 있었다.

상욱은 덕치에게 말했다.

"그리 심심하면 나를 따라갑시다."

"어디 가는디?"

"소림 중을 만나러 갑니다."

"차라리 방구석에 있는 것이 낫겠구만이."

"무료하다면서요?"

"뭔 말을 하는지도 모르는데 가면 뭐 혀. 저 인간이나 데 꼬 가."

덕치가 이철로를 보며 턱짓을 했다.

그렇게 해서 나선 길로 상욱과 이철로은 나한전을 방문했다.

탁자만 있는 나한전이지만 열 명에 가까운 중들이 모여 있었다.

"오셨소?"

그들을 대표해 상욱 등을 맞이하는 각화의 목소리에 힘이 실리지 않았다.

"문회라는 중의 뒤가 깨끗한가 보군?"

이철로가 상욱을 보며 중얼거렸다.

상욱은 일단 이철로의 말을 무시했다. 한국말 대화가 저들에게 실례가 됐다.

"일이 잘 풀리지 않았습니까?"

"그렇다네. 문회는 협박받고 있지 않았네. 신상을 털었지만 그가 스승을 배반할 이유를 도통 찾을 수가 없으니. 게다가 입을 다물고 물조차 대지 않네."

"실례되는 말이오만 물리력을 행사하지는 않소?"

이철로가 끼어들었다. 기본적인 그의 습성은 어쩔 수 없는 모양이었다.

"매질을 한다고 마음이 바뀔 사람이 아니오. 더구나 소림은 계도를 들어 징벌을 해도 감정을 싣지는 않소."

각법의 얼굴이 싸늘해져 퉁명하게 말했다.

"죄송합니다, 이 선생님이 말실수를 했습니다."

상욱이 급히 나서서 사과했다.

"흥, 됐소."

각법이 몸을 반쯤 돌려 버렸다. 단단히 화가 난 모양이었다.

"그 일 때문에 들렸을 리는 없고, 용무가 뭔가?"

각화 역시 냉랭한 어투다.

"저희 일행 중 일부가 먼저 호남성으로 출발하려 합니다."

"그건……."

상욱의 말에 각화가 당혹스러운 표정이 됐다.

"한국에서 활동하는 형사들입니다. 일정상 먼저 떠나니 입을 열 일이 없습니다."

"그렇다면 자네를 믿겠네."

"그보다 각원대사 분의 제자는 실토를 했습니까?"

상욱은 3팀의 이동이 결정되자 바로 말꼬리를 잡아 돌렸다.

"후—우, 설득을 해도 유지부동일세. 미혼술이나 약에 취해 있나 싶어 약왕전 각연 사형이 살펴봤지만 특별한 징후가 없다하니…….."

각원의 말을 들은 상욱은 귓불을 긁었다.

"혹 제가 그분을 볼 수 있을까요?"

"문회를, 흐음."

각화는 한참 고민을 하다 옆을 봤다.

"사형들 생각은 어떠신지?"

"그를?"

"참회동에 가서 봐야 하는데 계율원의 각호사제 의견이 어떨지 모르겠네."

"그에 대한 심문도 끝났지 않았나?"

잠시 토의를 하던 각자 배 명법정화 사형제는 찬성 쪽으로 추가 기울었다.

"계율원주에게 일단 물어봐야 하네."

각화는 상욱에게 말하며 휴대폰을 품에서 꺼냈다. 천년 소림도 정보 통신의 혜택을 누리고 있었다.

10분 후.

휴대폰을 품속에 넣은 각화가 상욱을 봤다.

"참회동이 소림의 금지는 아니지만 계율을 집행하는 장소네. 따라서……."

"보고 듣는 모든 것은 머리에만 남을 뿐 손과 입은 쓰지 않겠습니다."

상욱이 잘라 말했다.

"딱 부러져 좋네만…… 시주 혼자만 대동해야 한다는 조건이 붙었네."

각화의 말에 상욱이 이철로를 봤다.

그 말을 들은 이철로는 붉어진 얼굴로 자리에서 일어나더니 휑하니 자리를 떴다. 어지간히 불쾌한가 보다.

"크흠, 그 시주에게는 나중에 잘 말해 주게."

각화는 무안한지 헛기침을 했다.

그 길로 자리에서 일어난 상욱은 각화의 사형제들과 같이 참회동에 올랐다.

카르를 만나다

산 정상이 지척인 평지 앞으로 태실봉太室峰이 보이고 뒤로
는 동혈이 뚫려 있었다. 그 동혈 위에 참회동이라는 한문이
각인되어 존재를 알렸다.

그곳에서 불경 소리가 새어 나오고 있었다.

앞장 선 각화는 불경을 게송하는 소리를 개의치 않고 철문
을 두드렸다.

탕-. 탕.

끼-이익.

두꺼운 철문이 열리며 10대 초반이나 됨 직한 어린 중 둘
이 마중을 나왔다.

"네 사조는?"

각화가 동자승에게 물었다.

"사조께서 오시면 안으로 모시라 했습니다. 그런데 뒤에 시주분은?"

"내가 허락했다."

동굴이 꺾이는 곳에서 기골이 장대한 중년 중이 나왔다.

"각호 사제."

"오셨소들, 들어갑시다."

각화가 나서자 각호는 반장卍掌을 올리는 둥 마는 둥 하더니 돌아섰다. 그의 눈 끝에는 상욱을 향한 껄끄러운 시선이 남았다.

어쨌든 상욱은 뜻한 대로 참회동에 들어갔다.

그런데 각호가 나온 동혈의 모퉁이를 돌자 개인 감옥 같은 철문이 다시 나왔다. 비록 열려 있지만 감옥보다 더했다.

'참회보다는 반성이 강요되는 분위기군.'

상욱은 동굴 끝에서 답답함, 엄숙, 삭막 이런 감정을 받았다.

여섯 명의 중이 한 명의 중을 둘러앉아 불경을 게송했기 때문이었다. 내용은 대충 들어도 석가모니의 행적을 적은 아함경의 일부로, 내용을 알고 새기면 없던 업장도 만들어져 반성을 강요할 지경이었다.

매보다 무섭게 느껴지는 말씀의 연속이었다.

상욱은 가운데 앉은 중을 바라봤다.

나이가 서른은 훌쩍 넘고 마흔은 못 되어 보였다. 그리고 반쯤 흐려진 눈동자에서 광기가 흘러내렸다.

'카르(음차원 마나)?'

상욱은 문회를 향해 다가가던 걸음을 멈추었다.

"왜 그러는가?"

각화가 먼저 걷던 상욱의 등에 막히자 물었다.

"아니요, 아무것도 아닙니다."

상욱이 답했다.

그때 불경을 게송하던 여섯 중들이 입을 다물었다. 그리고 그들의 눈이 문회에게 맞춰졌다.

"문회, 문회야?"

각호는 각화와 상욱의 대화를 듣다 학승들이 염불을 멈추자 문회를 봤는데 상태가 이상했다.

방금 전까지 온전하던 문회가 상욱을 보며 사시나무처럼 떨었다.

이 모습에 상욱이 두 눈을 가늘게 떴다.

이제는 확실히 문회의 몸에서 이질적인 기운 카르가 느껴졌다. 상욱은 한 걸음 더 다가갔다.

"으으으."

문회가 붉어진 눈으로 눈까지 붉어지며 신음을 토하며 상욱을 잡아먹을 듯 째려봤다.

그러거나 말거나 상욱의 입매가 위로 올라갔다.

카르는 마계에서 온 한 갈래다. 마왕 에블리스의 권능은 카르의 본류와 같다.

그런 에블리스의 기억을 가진 상욱이 다가가자 문회는 본능적으로 두려움에 빠졌다.

"아무래도 오늘은 안 되겠네."

각화가 상욱에게 말하며 휴대폰을 꺼냈다.

"각연 사형, 참회동으로 올라오셔야겠소. 문회가⋯⋯."

상욱은 약왕전주 각연에게 전화를 하는 각화의 목소리를 들으며 참회동에서 슬그머니 물러났다.

더 있어 봐야 소림승들에게 의혹만 살 뿐이었다.

그날 밤 자정.

어둠에 쌓인 소림사는 관광객으로 붐비던 낮과는 전혀 다른 세상이었다.

멀리서 들려오는 목탁과 염불 소리는 일반 절과 다르지 않았다.

자정이 될 때까지 기다린 상욱은 방문을 걸어 잠궜다. 그러고는 여행 가방을 열고 어두운 계열의 옷을 꺼내 입었다.

입을 열지 않는 문회가 있는 참회동을 찾아 나설 계획이었다.

방에 불을 끄고 창문을 연 그는 하늘을 나는 새처럼 호텔을 빠져나왔다.

낮에도 을씨년스럽기까지 한 참회동은 밤이라 마치 무덤처럼 느껴졌다. 불빛 한 점 없는 입구는 철문으로 꽉 막혔다.

스윽.

그 입구로 상욱이 나타났다.

철문 입구로 오른손을 뻗고 내공을 끌어 올렸다. 의기상인 경지의 초입에 들어선 그에게 허공섭물은 가벼운 한 수였다.

내공은 의지를 따라 빗장을 옮겼다.

철문이 열리고 상욱은 어둠에 쌓인 참회동 안으로 들어섰다. 그는 공중을 부유해 10여 미터를 날아가 내려섰다.

경비는 의외로 허술했다.

어린 사미승 둘이 전부였다. 그나마도 하나는 불경을 놓고 읊조리다 잠이 들었는지 서탁에 고개가 닿아 있고 나머지 하나는 침낭에 들어가 있었다.

그럴 만도 했다.

-출입구로부터 10미터 부근을 밟으면 만근석이 내려와 참회동 입구를 차단한다.

각화가 낮에 지나가며 한 말이다. 고래로부터 있던 기관장치라나.

그의 말에 따르면 내부도 만만치 않았다. 참회동 내부 뇌옥牢獄의 열쇠를 나한전 전주가 가지고 있어 뇌옥에 들어갈 수가 없었다.

참고로 뇌옥은 강철문이고 잠금장치는 세 개나 됐다.

상욱은 뇌옥 앞으로 가 강철문에 달린 여닫이 쪽창을 슬그머니 열었다.

문회는 잠들지 못하고 있다 고개를 들었다.

"누구?"

그가 의혹을 드러냈다.

올려다 본 쪽창에 드러난 눈은 회갈색으로 혼돈에 차 있었다.

"어~?"

문회가 놀라 일어나는데 정신이 아득해지며 비틀거렸다.

상욱이 발산한 카르가 그의 뇌와 직접 연결된 안구로 침습해 들어갔다.

"이리로."

상욱의 목소리는 낮으면서도 탁했다. 그럼에도 만상을 억압하는 박력이 넘쳤다.

"으, 으."

문회는 고개를 천천히 흔들며 정신을 차리려고 노력했다. 하지만 상욱의 인형술은 문회의 정신력에 비해 하늘과 땅만큼이나 월등했다.

눈빛이 풀어진 문회는 자리에서 일어나 쪽창 앞쪽으로 걸어왔다.

그는 이미 종교적 신념마저 깨진 파계승이라, 마왕 에블리스의 권능 앞에서는 나약한 인간에 불과했다.

상욱은 천둔갑의 내공을 역즉성단의 비기로 카르마로 전환했다. 그러자 안력에서 증폭된 마기는 화마처럼 이글거렸다.

그 속에서 자라난 욕망이 문회를 더욱 자극했다.

문회의 풀린 동공과 반쯤 벌어진 입에서 무너진 의지를 엿볼 수 있었다.

"너의 마음은 혼란과 혼돈에 차 있지만 그 끝에는 내가 있다. 난 너의 주인이다."

"주, 주인이 아니야. 나에게는 다, 다른 주인이 있어."

문회가 상욱의 인형술 의식을 거부했다.

상욱은 미간을 좁혔다.

최면 따위로는 그 의식을 이렇게까지 거부하지 못한다. 이계의 술법이 틀림없었다.

"어디서 감히."

상욱은 일시 분노에 찼다.

그의 권능인 인형술이 거부당했다는 자존심과 마계의 족속 따위가 지구의 순수함을 오염시켰다는 반발심이었다.

그는 쪽창으로 그의 오른손 검지를 올렸다.

"나에게 오라."

문회는 상욱의 말에 쪽창까지 왔고, 내밀어진 상욱의 검지는 그의 이마에 닿았다. 그러길 한참.

붉어지는 눈동자, 며칠 깎지 않아 자란 귀밑머리가 백발이 되며 눈가에 잔주름이 일시에 잡힌 문회다.

그러더니 눈을 감고 그 자리에서 가결부좌를 틀었다.

"아미타불."

갑자기 문회의 입에서 불호가 터졌다.

이이제이以夷制夷.

문회에게 심어져 있던 이계의 술법을 상욱의 카르마가 태워 버렸다. 그 과정에서 문회는 엄청난 심력을 소모해 일시에 노화 현상을 보였다.

그를 괴롭히던 심마가 사라지자 안식이 찾아왔다. 백지와 같은 심상에 무념무상이란 깨달음으로 이어졌다.

그 시간은 불과 10분도 되지 않은 순간이었다.

하지만 10년 넘게 내재되어 있던 굴종의 정신 상태가 해방감을 맞기까지는 그 스스로의 의지도 한몫을 했다.

어쨌든 평안이 찾아오자 지난날 미망을 헤매게 만든 오욕도 부끄럼을 털어 내고 남의 일처럼 느껴졌다.

그럼에도 쪽창으로 두 눈만 보이는 사람에게는 두려움을 떨치지 못했다.

상욱은 문회의 상태를 한눈에 알아봤다.

정신을 제압하려 한 시도와 달리 문회가 제정신을 차리자 상욱은 뒤돌아섰다.

"잠, 잠시만 기다리시오."

문회가 상욱을 불렀다.

상욱은 돌아서서 쪽창으로 문회를 내려다 봤다.

"할 말이 있소?"

"스승님을 데려간 사람은……."

"왜 그것을 나에게 말하려 하시오."

상욱은 문회의 말을 끊었다.

"사부 각원을 찾아 주시오. 그분은 젊어 소림을 위해 서장西藏으로 쫓겨나다시피 해 많은 희생을 하셨소. 그럼에도 소림에 돌아와 엉킨 인연 때문에 폐관과 같은 삶을 사셨소."

"잠깐, 난 외인이고 그 이야기를 들을 이유가 없겠소. 마침 당신의 스승인 각원 스님 이야길 들을 분들이 오시는군요."

탕. 탕.

참회동이 열리며 발소리가 들렸다. 상욱은 몸을 돌렸다.

원화를 뒤에 두고 각화를 비롯한 18금강 동인 명법정화 네 사형제가 10여 미터 앞에 멈춰 섰다. 그들의 얼굴에는 분노가 가득했다.

"역시 시주였군."

원화가 앞으로 나서며 말했다.

"알고 올라오신 것 아닙니까?"

상욱은 담담했다.

참회동 내부에 CCTV 같은 보안 시설이 없었지만 뇌옥은 달랐다. 입구와 벽 사방에 CCTV가 다섯 곳에 걸쳐 설치되어 있었다.

오후에 그것까지 확인한 상욱이었으니 소림승들이 참회동에 올라오리라 이미 예상을 했었다.

"문회를 보려면 말을 하면 될 일이거늘."

원화는 상욱을 책망했다.

"사조, 그를 탓하지 말아 주십시오!"

그때 뇌옥의 안쪽에서 문회가 큰 소리로 외쳤다.

"사조."

각화가 놀라 원화를 불렀다. 여태 입을 닫고 있던 문회가 외인을 변호하니 심경을 바꾼 것이 틀림없었다.

"그와 무슨 말을 했는가?"

원화가 상욱을 보았다.

"그는 심리적 강제를 당한 상태였습니다. 그것을 풀기 위해서는 그와 일대일로 대면을 해야 할 상황이라 늦게 참회동에 올라왔습니다."

"그래도 허락을 받을 일이 아닌가?"

계율원주인 각호가 불같이 화를 냈다.

"진정 제가 혼자 문회 저분과 독대를 한다고 했으면 허락했겠습니까?"

"그건……."

각호는 말을 잘랐다. 계율원의 규칙상 외인과 독대는 있을 수 없는 일이었다.

"일단 이 일은 접어 두고 문회부터 살펴보자. 자네도 옆에 있게."

원화가 각호와 상욱을 번갈아 보며 말했다.

그러자 각호의 표정이 굳어졌다. 잠시 멈칫하며 사조의 말에 불복하려다 품에서 열쇠를 꺼내 들었다. 그리고 그는 감옥의 입구로 가 문을 열었다.

딸칵. 끼이익.

문회가 입구에서 무릎을 꿇고 고개를 조아렸다.

"사조, 죄를 청합니다."

문회는 머리를 숙인 채 허리를 올렸다 내리기를 반복했다.

"됐다, 일어나 앉아 보거라."

원화가 문회에게 다가가 오른팔을 잡아끌었다.

그러자 문회가 얼굴을 드는데, 불과 반나절 만에 이마와 눈가에 주름살이 부쩍 늘어나 있었다.

"대관절 어떤 일이 있었기에……."

원화의 옆에 선 각호가 깜짝 놀라 물었다.

"미몽에 사로잡혀 있던 절 저 시주가 깨워 줬을 뿐입니다."

담담히 답을 하는 문회의 눈은 너무나 투명했다.

"진짜 네가 미몽에서 깨어나 큰 지혜를 얻었구나."

원화가 문회의 어깨를 두드리며 말하자 각자 배 소림승은 문회의 상태를 알아챘다.

마음의 창인 눈이다. 지금 문회의 눈은 아이와 같았다. 한 점의 사심조차 찾을 수 없었다.

"자 자, 널 그리 복잡하게 한 일들에 대해서 들어 보자."

원화가 문회 옆에 앉았다.

"사조님, 스승님께서 젊은 시절 소림을 대표해 서장에 파견을 나가셨던 일은 알고 계시지요."

"당시는 무림이 어두운 시기였다. 네 스승이 소림을 대신해 희생을 했다."

"그때 스승님께서 큰 죄를 지었다 하셨습니다. 자세한 말은 하지 않으시며 자책하던 날이 종종 있습니다. 그러다 20년 전에 한 여자분이 찾아오셨는데 사부님이 그녀를 보며 안절부절했습니다."

"설마 네 스승이 그녀에게 특별한 정이라도 줬던 게냐?"

각호가 불쑥 끼어들었다.

계율과 관련된 일이라 듣고 있던 소림 중들은 각호를 일별할 뿐 침묵을 지켰다.

"사숙께서는 스승님을 모르고 계시는군요. 그녀와 스승님이 동년배고, 주안술을 익혔는지 미모는 여전했지만, 스승님은 여자에 혹할 분이 아닙니다. 서장에서 그녀의 부모와 좋지 않은 인연으로 죄를 지었다고만 들었습니다."

"네 스승이 말한 죄에 대해서는 자세한 내막을 모른다. 이 말이렸다?"

원화가 곤혹스러운 얼굴로 물었다.

"네, 그러나 그녀가 스승님을 납치한 범인은 틀림없는 사실입니다."

"그 여자가?"

"네, 그 여자 이름은 서문혜이며 위지대부인이라 부르고 있습니다."

"위지대부인?"

"서문혜?"

소림 승들 전체가 의문 부호를 남겼다.

"혹 베이징에 있는 위지대부인을 말하는 것입니까?"

상욱이 나섰다.

"위지대부인을 알고 있습니까?"

문회가 상욱을 올려다보며 반문했다.

"으음."

상욱은 침음을 토했다.

베이징 보석 박람회장 절도 사건에 손을 떼기 직전 세담루의 여주인인 위지대부인을 만난 그다. 그녀가 불쑥 튀어나오자 이 납치 사건과 얽힌 경우의 수를 찾았다.

"시주?"

각화가 상욱을 불러 생각을 깼다.

"죄송합니다. 문회 스님이 대사들이 오기 전에 저에게 각원대사를 구해 달라는 말을 했습니다. 저는 그 여자가 제가 알고 있는 그 위지대부인일 줄 몰랐습니다."

"위지대부인을 알고 있나?"

이번에는 원화가 물었다.

"제가 그 여자를 알게 된 것은 불과 5일 전입니다. 베이징에서 발생한 보석 박람회장 절도 사건은 아시죠?"

"당연하지 않은가. 그 일로 문홍서가 시주를 추천했네."

각화가 답했다.

"그 사건의 범인이 서장 출신입니다. 그리고 공범은 그 여자가 운영하는 세담루라는 청루에서 일하는 자였습니다. 그때 딱 한 번 얼굴을 봤습니다. 그런데 서장 출신이라니……참, 문회 스님의 말처럼 그 여자는 많아야 30대 정도로밖에 보이지 않았습니다."

"청루의 주인이라……."

"제가 듣기로 위지대부인이라는 호칭은 위지동아라는 사람과 결혼하며 얻었다 했습니다. 공안 쪽에서는 대단한 사람이라 했습니다."

"들어 본 이름일세."

원화가 말했다.

"여기까지가 제가 알고 있는 정보입니다."

상욱이 문회를 보며 말했다.

"그렇다면 문회가 알고 있는 사실부터 정리해야겠군."

원화의 말에 문회가 잠시 생각하더니 입을 열었다.

"위지대부인은 방금 드린 말씀처럼 서장 출신이고 천산파 사람이라 스승님에게 들었습니다."

"음."

상욱이 된소리를 냈다.

보석 박람회장 절도범 장진명이 천산파 출신으로 추정됐다. 그가 후아보를 사용하자 종리만형이 그리 단정했으니 틀린 말이 아니리라.

뜻하지 않은 곳에서 절도 사건의 연결 고리를 찾은 셈이다.

소림승의 시선이 다시 상욱에게 쏠리자, 상욱은 고개를 흔들며 말했다.

"별일 아닙니다. 계속하시죠."

그는 문회를 재촉했다.

"평소 스승님은 위지대부인과 전화 연락을 가끔 하셨고 몇 년에 한번 찾아오시는 정도였습니다. 저에게는 그녀의 전화번호도 없고 말입니다."

"그렇다면 그녀에 대해서 아는 것이 무엇이냐? 또 미련할 정도로 입은 왜 다물었고."

각호가 문회를 다그쳤다.

"그러고 보니 그녀가 북경에 위지 아무개고 얼굴만 알고 있습니다. 게다가 스승님에게 그런 일을 저지르고 난 후로 위지대부인이란 말을 하려면 저도 모르게 입이 꾹 닫혀 버려서……."

문회가 고개를 푹 숙였다.

"너무 몰아세우지 마라. 차근차근 듣자구나."

툭. 툭.

"자 자, 그냥 아는 대로, 본 대로 말해라."

원회가 문회의 등을 두드리며 달랬다.

"어쨌든 평소 얼굴을 보이지 않던 그녀가 근래 들어 스승님을 두 차례나 방문했었는데 6일 전 따로 저를 청했습니다."

"외인을 밖에서 만났단 말이냐?"

각호가 화난 목소리로 물었다.

"그녀가 스승님에게 전할 물건이 있다고 해서 지객청에서 잠시 만났을 뿐입니다."

"말씀을 끊어서 미안한데, 그날 특별한 일이 없었습니까?"

상욱이 끼어들었다.

"확실히 그날 저는 이상했습니다. 몸에 이상이 없었는데 위지대부인과 대화를 나누다 잠시 졸기까지 했으니까요."

"최면 중 암시 과정에서 나타날 수 있는 현상입니다."

"최면?"

"부모와 같은 스승을 배신하게 할 명령을 내릴 정도의 최면이라면, 약과 혼용했을 가능성 또는 오래전부터 심어 놓았던 최면을 각성하게 만들 암시가 필요했을 것입니다."

각화가 의문을 표하자 상욱이 답했다.

"그래서 그 최면을 풀기 위해 이 늦은 밤에 여기를 올라왔다 이 말인가?"

각화는 상욱에게 면죄부를 쥐어 줬다.

"지금 그 일을 따질 때가 아니오, 각화 사형. 문회는 계속하라."

각호의 입장은 또 달랐다.

"다음 날 저녁이 되자, 거짓말처럼 들리시겠지만 제 몸과 마음이 따로 놀았습니다. 지객당에 머물던 처음 보는 남자에게 환丸 하나를 받아 스승님이 계시는 천불전으로 갔습니다. 그다음부터는 아시는 대로 향로에 환을 집어넣었습니다."

"으−음, 섭혼술과 유사하면서도 너무나 다른 행동 방식을 보여 주는데……."

원화가 눈을 감으며 말했다.

"문회의 말이 사실이라면 절대 섭혼술이 아닙니다. 섭혼 시전자가 피섭혼자에게 평소처럼 활동하라고 명령을 내려도 일상에 반복적인 행위를 하기 때문에 표시가 났을 것입니다."

"섭혼술이 아니라면 최면이 맞다는 말인가?"

"문제는 중들이 최면에 잘 걸리지 않는 것이야."

명법정화 각자 배 사형제들과 각호 사이에 짧은 토론이 일어났다.

"문회 스님이 20년 전 나이면 10대 후반에 막 들어섰을 때가 아닙니까? 그때부터 서문혜가 지속적으로 최면을 중첩시켰을 수 있습니다. 더구나 유력한 용의자인 그녀가 찾아와 최면의 각성을 암시하는 단초를 제공했다면 스승을 기만하고 남을 행위도 서슴지 않았을 것입니다."

상욱이 끼어들어 토론을 멈췄다.

"일리가 있는 가설일세. 하지만 그렇게 강력한 최면술이라면 서양의 엘리시움 몇몇 단체나 가능한 일이고, 그것을 깨기는 더욱 힘들다 알고 있네."

원화는 상욱을 바라보며 정색했다.

그는 알고 있는 지식을 풀어 상욱에게 문회의 최면을 깬 방법까지 강요했다.

"비전과 같은 일입니다."

상욱은 원화의 물음에서 비켜나려 했다.

"문회야, 저 시주가 방금 전 너에게 행한 일을 말해 보거라."

원화는 품었던 말을 했다.

"저 시주를 보자 붉은 눈과 함께 고통이 있었고 과거의 일들이 서서히 떠올랐습니다. 마치 습한 물기가 빠지는 느낌이 들며, 제가 미몽에 빠져 했던 일까지 기억에서 떠올랐습니다. 그 악몽에서 벗어나려고 하자 시주가 내공으로 도움을 주었습니다."

두 개의
심장을
가진 자

잠시 머뭇거리던 문회는 보고 느낀 대로 말했다.

"잘 알았다. 넌 이곳이 불편하더라도 일단 쉬고 있어야겠다. 거취는 장문인과 상의를 해 볼 문제니."

원화는 문회를 보며 말했다.

사실 그는 방금까지만 해도 상욱을 의심하고 있었다.

아무리 과학 장비가 발달을 했어도 상욱이 납치 현장을 보지도 않고 그 광경을 재현했다는 각화의 말부터, 말하지도 않았던 무당에서 벌어진 납치 사건 추리에 이어 뜬금없이 참회동에 나타나 문회의 최면을 푼 상욱을 의심하지 않을 수 없었다.

마치 납치한 범인 중 하나가 혼선을 주기 위해 나타난 것은 아닌지 말이다.

그러다 그는 시간이 지나며 문회에게서 투명한 법열을 느꼈다.

그 마지막의 물음을 문회에게 던져 상욱의 상태를 확인했다. 결론은 마공과는 거리가 멀다는 것이다.

이제 범인이 위지대부인이라는 사실에 신빙성이 붙었다.

"내일 아침에 보세. 그리고 그것의 주인은 아직일세."

원화는 상욱과 각화를 번갈아 보며 소환단에 대한 언질을 주었다.

그리고 그는 늦은 밤이었지만 장문인을 만나 깊은 대화를 나눠야 할 필요성을 절감하고 있었다.

"무당 쪽은 어떻게 합니까, 연락을 줍니까?"

"장문인에게 상의를 해 보고 답을 주겠네. 아니, 제자들은 나를 따라오고 시주는 숙소에 가 있게."

원화는 마음이 급한지 먼저 참회동을 나섰다. 그리고 그 뒤를 각자 배 제자들이 빠르게 따라갔다.

결국 의심의 벽을 걷어 낸 소림 중들은 상욱을 방치하고 나가 버렸다. 살짝 어이없어진 상욱은 어깨를 으쓱였다.

"그래도 뇌옥인데⋯⋯."

그의 말에 더 열 받아 상욱을 뚫어지게 쳐다보는 동자승 둘이 있었다.

그는 그냥 웃으며 동자승들에게 이빨을 보여 주고 참회동 밖으로 나왔다.

끼이-익.

탕.

참회동 문이 유난히 거칠게 닫혔다.

오늘은 새벽바람이 유독 찼다.

소림의 하늘은 서울과 차이가 없었다. 다만 건조하고 마른 바람에 먼지가 더 날린다는 정도만 달랐다.

소림 경내 호텔을 나오니 상욱의 입에서 흰 김이 내뱉어졌다.

"으~으."

지난 늦은 밤 참회동에 올랐다가 내려와 없는 밤잠을 뜬눈으로 보낸 상욱이다. 앉은 결가부좌 자세를 풀고 밖으로 나오니 기지개가 절로 켜졌다.

오늘은 호북으로 출발을 해야 한다. 일정이 모호했다.

무당산에 올라 봐야 무당파에 있는 일을 알 수 있다고 소림에서는 말을 아꼈다. 그러면서도 콩알만 한 소환단 하나에 무당파에 가야 하나 자괴감이 들기도 했다.

그러나 포기할 수 없는 이름이 아버지다.

그를 위해 희생한 아버지를 본래 자리로 돌려놓아야 한다. 그래서 요즘은 잠도 운기조식으로 대체했다. 강박관념이라고 느끼지만 그에게는 일종의 의무감이었다. 그걸 위해서는 강력한 내공이 필요했다.

'간만에 몸 좀 풀어 볼까나.'

머리를 좌우로 흔들고 손을 흔들어 어깨를 풀었다. 건들거리는 품은 건달이 힘깨나 쓰겠거니 나서는 폼이다.

등에 진 만상궤를 툭 친 상욱은 천천히 뛰어 소림을 벗어났다.

경내를 벗어나자 상욱은 본격적으로 천둔갑의 내공을 끌어 올렸다. 상허하진上虛下眞의 구변속보의 경공 묘리에 따라 한 걸음에 20여 미터를 쭉쭉 내달렸다.

탁.

땅을 박차고 허공으로 솟구쳐 나무 끝을 밟은 탄력으로 새처럼 날았다.

곧 숭산의 잔도가 보이고 바위 직벽에 가로막혔다.

어기충소御氣衝遡.

상욱의 몸이 직각으로 솟구쳤다. 십여 번 절벽을 걷어차자 잔도을 벗어난 몇몇 바위산 봉우리 중 정상에 올라섰다.

휘-이잉.

삭풍만 감도는 바위투성이 평지지만 멀리 보이는 태실봉 옆으로 떠오르는 태양만큼은 장관이었다.

"우~우."

상욱은 갑자기 늑대처럼 하울링을 토하고는 미소를 지었다.

갑갑했던 가슴이 뻥 뚫렸다.

솟구치는 태양을 보자 대자연의 기운이 가슴으로 뭉클 밀려와 부안 부사의암 적멸보전 동혈에서 각성하며 봤던 우주의 한 자락 그 찰나와 겹쳤다.

잠시 잊었던 천지운행의 오묘함이 언뜻 스쳤다.

호기가 크게 일어나 만상궤에서 도刀를 꺼내 들었다.

칼의 궤적은 가상의 적을 베거나 타격했다. 공격을 할 때는 적을 일도양단하겠다는 강력한 힘과 의지가 실렸고, 방어할 때는 허리를 중심으로 무딘 칼날을 몸에 붙이고 방어를 치밀히 했다. 칼이 제 몸의 일부처럼 붙었다가 떨어졌다.

이러다 벼락같이 검이 허공을 베었다.

칼을 쓰는 기본에 따라 베고 찌르며 막거나 헤쳐 튕겨 냈다. 초식이 없는 유연한 움직임이 한참 계속되다가 우뚝 멈춰 섰다.

이 칼을 쓰는 기본들이 모여 일흔두 가지 기세로 변했다.

만상72기도세가 실타래에서 풀어지는 실처럼 이름 모를 바위산 평지를 수놓았다.

황해가 풀이한 만상육절 법문이 칼끝을 따라 그대로 재현됐다.

오른발을 앞에 두고 검신을 머리 뒤로 45도로 세웠다. 그리고 내려치는 검 끝은 공간을 격하고 가상의 적 머리를 찍었다.

벽격상살霹擊上殺에 이어 왼손으로 옮겨진 도는 내딛는 왼발을 따라 적의 머리에서 허리까지 눌러 베는 태산압정泰山壓頂으로 초식이 바뀌었다.

그리고 밀어 걷는 왼발을 따라 다시 도는 아래에서 위로 솟구쳐 적의 목을 꿰뚫었다.

세 개의 초식이 연결되어 도에 기세가 실렸다. 이렇게 시작된 기세도氣勢刀는 초식이나 형식을 가볍게 보고 도식을 무겁게 봤다. 도식이 더해질수록 기세가 웅장해졌다.

내공이 실리지 않았음에도 칼끝에 피어난 아지랑이 같은

검기가 공간을 왜곡하게 만들었다.

"핫."

상욱의 기합과 함께 오른발이 나가며 도가 반회전해 적의 목을 쳐 내고 다시 상체를 베어 냈다.

교격상상絞格上傷에 이은 교략하살蛟掠下殺 그리고 거정세擧鼎勢.

더불어 이를 피하는 적을 따라 도를 놀려 올려 벴다.

상욱은 군더더기 없는 칼질은 한참이나 계속됐다. 사방을 쓸며 진퇴가 빠른 도는 도가 만들 수 있는 모든 초식을 담았다.

그럼에도 초식의 묘리보다는 점점 커지는 기세가 주변을 짓눌렀다. 이 무시무시한 기세에 눌린 듯 흐린 아침 날씨도 더욱 어두워졌다.

급기야 눈발까지 날리는데 상욱의 칼은 멈출 줄 몰랐다.

"후ㅡ."

시작이 있으면 끝이 있는 법. 상욱은 도를 갈무리하며 호흡을 정리했다.

"허~."

만상72도식의 기세검이 끝나자 상욱의 뒤에서 탄성이 터졌다.

"오셨습니까?"

상욱은 뒤돌아서서 원화를 보며 고개를 숙였다. 그는 도를 휘두르며 원화가 바위산 뒤로 내려오는 것을 봤었다.

"오해는 하지 말게, 자네가 원체 시끄럽게 했으니까."

원화가 약간은 어색한 표정을 지으며 다가섰다.

"그랬습니까?"

상욱은 별다른 표정 없이 수긍했다.

도를 휘두르기 전에 호기가 크게 올라 고함에 가까운 포효를 내질렀었다. 그것을 원화가 듣고 바위산으로 올라온 모양이었다.

"그래도 자네가 연무하는 내내 지켜봤으니 금기를 범하지 않았는지."

"제 칼질을 보셨겠지만 초식보다 기세를 중요시합니다. 법문을 모르면 장님이 코끼리 다리만 만지고 코끼리를 논하는 격이지요."

"하기는, 그래도 초식이 너무나 완벽해 철벽 앞에 서는 기분이었네. 다만 내공을 사용하지 않은 것은 이해가 되지 않네."

"여기서 내공을 쓰기에는……."

상욱이 암석으로 된 바위산을 봤다.

"으음, 내공 없이 도기 발현이라?"

'설마 그 정도라고?'

원화는 깜짝 놀랐다.

그가 현경에 든 직후에나 가능했던 무공 수준이 아닌가.

"크흠, 아침에 산봉우리에서 검기라도 쓴다면 등산객들이 놀라기는 하겠군."

그는 짐짓 헛기침을 하며 상욱을 다시 살폈다.

처음 봤을 때 내공이 심상치 않아 초대를 했는데 실제 확인하니 예상보다 더 뛰어났다. 현경에 든 이후로 잊었던 호승심마저 일어났다.

"저는 그만 내려가 보겠습니다."

오랜만에 몸을 푼 상욱은 이제 일행과 합류하기 위해 자리를 뜨려 했다. 그러자 원화가 뜻밖의 제안을 해 왔다.

"내 조용한 곳을 알고 있네. 그곳에서 자네의 칼을 좀 더 벼려 주고 싶네만."

고소원固所願이면 불감청不感請.

부사의암 적멸보전에거 각성한 이래로 상욱은 이철로와 덕치 그리고 송면 형제와 손을 섞었지만 감흥이 없었다.

그런데 소림에 온 이래로 눈앞의 원화를 볼 때마다 가슴에서 불이 일어났다. 넘지 못할 벽이라면 포기하겠지만, 그의 앞을 막은 천둔갑의 벽과 높이가 같아 보였다.

비교 우위.

원화를 넘으면 천둔갑의 끝에서 네 번째 단계 도추지경道樞之境을 넘을 힘이 보였다.

"가르침이라면 맨발로라도 따라가야죠."

상욱이 허리를 숙였다. 가르침에 대한 예의다.

두 개의
심장을
가진 자

"따라오게."

원화는 몸을 돌려 금강부동신법을 펼쳤다.

바위산 뒤쪽으로 이어진 직벽은 그 뒤로도 세 개나 되었다. 그런 곳을 원화는 바람처럼 타고 넘었다.

그가 힐끔 뒤를 보며 상욱과 거리를 쟀는데 몇 걸음 뒤에서 유유히 따라왔다.

'제법.'

"조금 더 빨리 가세나."

그는 내공을 끌어 올려 상욱을 시험했다.

상욱은 움직임이 많은 구변속보의 광궁돌파로 따라가다 초식을 바꿨다.

비응천리. 먼 거리를 가는 데 적절한 내공을 최소화한 이 초식은 원화를 쫓아가는 데 무난했다.

30여 리 산길을 두 사람은 축지술처럼 나갔고 숲의 식생도 바뀌었다.

탁. 탁.

달리던 여력을 줄이며 원화가 섰다.

"여길세."

그는 뒤따라 내려서는 상욱에게 말했다.

상욱은 주변을 살폈다.

사방은 큰 언덕으로 막힌 분지였다. 사방 100미터나 될까? 숭산에 주종을 이루던 소나무를 대신해 키가 작은 물푸레나

무와 버드나무만 보였다.

사뭇 달라 숭산이 아닌 듯했다.

"여깁니까?"

상욱이 만상궤로 손을 뻗었다.

"정확히는 저쪽일세, 가세."

원화는 앞쪽 바위를 가리켰다.

50여 미터 앞에 돌산이 있는데 중앙에 ㅅ자로 겹쳐진 바위 틈으로 검은 공간이 보였다.

"동굴 안입니까?"

"그렇다네."

대답을 한 원화가 성큼성큼 동굴로 사라졌다.

뒤따르던 상욱은 몇 걸음 떼지 않아 놀랐다.

그곳은 바위산에 난 동굴이 아니었다. 보기와 달리 수십 미터에 이르는 큰 바위들이 성기게 엉켜 마치 바위산처럼 보였을 뿐이었다.

바위와 바위가 만나는 공간에 세월이 지나 먼지와 흙으로 채워져 일부는 메워졌으나 성긴 바위 사이로 틈이 큰 곳은 풍화작용으로 더 큰 구멍을 내보였다.

동굴 같은 틈 안으로 들어서자 위쪽 큰 구멍으로 빛이 쏟아져 들어와 천장에 붙박이 창문을 곳곳에 박아 놓은 듯했다.

그리고 아래 바닥은 딱딱하게 굳어져 제법 탄력을 줬는데 가운데 큰 공간은 50미터가 넘었다.

"좋은 곳입니다."

"마음에 들었다면 다행이군."

"이런 장소에서 가르침을 받을 수 있다니 고마울 따름입니다."

"당치 않은 소리. 다만 여기서는 내공을 사용해서는 안 되네."

"갈려 죽기 싫으면 말이죠."

상욱이 원화의 말을 미소를 지으며 받아 줬다.

"농담은 접고, 일단 여기에서 난 권법 하나를 시연하겠네. 내가 지금 보여 줄 반선수般禪手는 소림72종예 중 하품의 상급에 해당하는 무공으로 기본 36초식에 상하 좌우 네 개 로를 따라 변화된 144품을 밟고 있네. 난 36초식을 시연하고 시주와 곧장 비무를 할 걸세. 보고 느껴 얻는 것은 시주의 몫이니 잘 보시게. 단, 형식보다는 안의 뜻을 파악하기 바라네."

원화는 말을 마치고는 곧장 진각을 밟았다.

쿵.

내기를 운용하지 않은 동작이나 큰 힘이 실렸다.

상욱은 진지한 얼굴에 곤혹이 들어찼다.

반선수 36초식은 그에게 의미가 없었다. 소림의 무술이 절학이라 하나 새로운 기술을 배운들 그의 무공이 달라질 바가 없었다.

그리고 원화가 여기에 올 때 그의 칼날을 벼려 준다고 했다. 고작 초식 몇 개를 보이려는 것은 아닐 터다.

일단 고민을 접고 상욱는 원화의 진의를 알기 위해 온 신경을 원화에게 맞추었다.

"미타배불彌陀拜佛!"

원화가 초식명을 외치며 오른발을 30센티미터를 들어 우측 45도 방향으로 틀어 툭 내디뎠다.

그 짧은 순간 오른발 무릎이 흔들려 찍고 눌렀다. 또 양손을 어깨높이로 ㄴ자로 들어 취한 금강세 이면에는 손등과 손끝이 허공을 때리고 찔렀다.

왼발을 쭉 밀어 다시 상체가 정면으로 향하며 왼손을 상중하로 내질렀다.

팡. 팡. 팡.

이어 오른발이 앞으로 쑥 나갔다. 뒤를 따라 오른손이 좌에서 우로 휩쓸었다.

이 한 수에도 여러 가지가 숨어 있었다. 엄지와 검지의 손날로 때리고, 다섯 손가락으로 잡아채며, 손바닥이 위로 향해 손날이 가상의 적을 때렸다.

상욱의 눈은 빠르게 움직여 그 세세한 동작을 머리에 담았다.

이 초식을 시작으로 원화는 불연만리佛緣萬里까지 반선수 36개의 초식이 20분에 걸쳐 펼쳐졌다.

절기를 예藝로 승격할 만한 동작의 연속으로 내지르는 주먹 하나에도 숨은 뜻이 있었다.

"후ー."

호흡을 갈무리한 원화가 합장을 하며 반선수 시연을 마쳤다.

"잘 봤는가?"

원화의 말에 상욱은 어색한 웃음을 지었다.

"권로를 한 번 보고 어찌 알겠습니까. 다만 전체적인 흐름 정도만 눈으로 봤습니다."

"허허허, 그 정도만으로도 훌륭하네. 자, 이제 비무를 해보고 무엇이 다른지 알아보시게."

기다리던 말이었다. 상욱은 원화의 말에 만상궤를 툭 쳤다.

툭.

만상궤의 뚜껑이 열리고 도가 튀어나왔다.

"그럼."

상욱이 고개를 숙여 인사를 하며 앞으로 떨어지는 도를 오른손으로 낚아챘다.

팡ー.

왼발로 바닥을 차자 4미터 거리가 좁혀졌다. 오른손에 도가 원화의 머리를 내리쳤다.

원화는 상욱이 접근하자 왼발을 한 걸음 다가갔다. 바닥을 딛는 왼발 무릎이 밖에서 안으로 오그려, 1미터 안에 들어온 상욱의 오른발의 축을 건드려 중심을 무너뜨렸다.

미타배불의 한 수에 상욱은 뒤로 물러나야 했다.

그 수를 시작으로 한 걸음 물러서자 금강세로 이어지는 등주먹과 추수推手 그리고 평관수平貫手가 상체를 노렸다.

그때 상욱의 칼이 오른손에서 왼손으로 옮겨지며 배에 밀착되었다가 좌에서 우로 베었다.

원화는 좁혔던 거리를 훌쩍 물러날 수밖에 없었고 그사이 상욱은 오른 발목을 튕겨 2미터 높이를 떠올랐다.

학의 날갯짓처럼 활공해 양손으로 검을 모은 상욱은 양발이 상체로 올라가도록 강하게 내리쳤다.

탁. 탁.

횡추반장橫追半掌. 반선수 두 번째 초식이 펼쳐졌다.

상욱이 공중으로 뛰어오른 순간, 원화는 오른손을 뒷짐 지었고 왼손은 곧게 펴 가슴 앞으로 놓았다.

그리고 상욱의 칼이 벼락처럼 그의 머리를 내려치자 한 걸음 물러나며 반장半掌을 한 왼손을 좌측으로 쓸었다.

머리 위까지 올린 반장은 왼손 손등부터 도의 옆면을 1차로 쳐 냈고, 강력한 내려치기에 손목을 바깥으로 돌려 손바닥으로 도의 옆면을 2차로 밀어 냈다.

턱–.

상욱의 도가 바닥을 찍으며 먼지가 피어올랐고 원화는 훌쩍 뒤로 물러나 거리를 벌렸다.

두 개의
심장을
가진 자

"찻ㅡ!"

상욱은 기합과 함께 달려왔고 원화는 양팔을 벌려 궤적을 달리 회전했다.

두 사람은 한 치의 양보도 없이 그렇게 5분가량을 공격과 방어를 주고받았다.

20분에 걸쳐 펼쳤던 반선수의 36초식이 일순간에 다 펼쳤다. 그 후에도 도돌이표를 찍었다.

그는 여전히 반선수를 초식의 순서에 따라 상욱을 공격했다. 그럼에도 이 초식들은 상욱에게 전혀 다르게 다가왔다.

일례로 처음 펼친 번천제행翻天諸行의 초식은 상체 중심인 허리를 축으로 하고 주먹을 밖에서 안으로 말아 때리고 물러나는 권투와 유사한 면을 보였지만, 두 번째 펼친 이 초식은 빠름과 느림을 교차해 완급을 조절했다.

처음과 달리 공격은 방어가 되고 방어는 공격이 되기도 했다.

이 같은 초식의 다른 결과는 초식의 완성도를 달리했다. 이렇게 반선수 초식에 미묘한 변화를 보이자, 대항하는 초식의 만상72기세도 역시 변화를 구할 수밖에 없었다.

그리고 두 번째 펼친 반선수 36초식이 끝날 때 상욱은 원화가 보여 주고자 하는 것을 깨달았다.

더불어 원화가 세 번째 같은 초식을 시전하려 하자 상욱이 도를 휘둘러 훌쩍 물러나며 칼로 바닥을 쓸었다.

치이익.

상욱의 칼에 의해 바닥에 금이 그어지자 원화는 네 걸음 뒤로 물러났다.

상욱은 바위산 정상과 같이 혼자서 만상72기세도를 펼쳐 나갔다.

그의 도의 움직임, 즉 초식은 똑같았다. 하지만 앞으로 나아가고 물러서는 움직임과 도로 가상의 적에 공격을 막고 베거나 찌르는 것이 미묘하게 변해 있었다.

도의 빠르기와 느림에서 확연한 차이를 보였다.

원화는 고개를 끄덕이며 상욱을 지켜봤다.

지금 상욱은 초식을 전개함에 있어 가상의 적을 하나의 점으로 두고 일직선으로 맞섰다.

그러자 몰아일체沒我一體가 되었다.

"호오."

원화가 감탄했다. 그러면서도 눈살을 찌푸렸다.

도의 안으로 빨려 들어가는 상욱의 신체는 그가 벼려 주려던 상욱의 칼이 아니었다.

그가 가르치고자 하는 경지와 전혀 다른 신검합일이었다.

그러나 곧 그의 인상이 펴졌다. 상욱을 삼킨 칼이 움직였다. 초식이 더해질수록 기세가 커지는 만상72기세도가 펼쳐졌다.

허공에 은빛 칼만 보이는 채로.

상단에서 허리까지 내려치고 올려 베어 다시 상체를 눌러 베어 버리는 표두격彪頭擊의 단초單招가 허리를 눌러 베고 하체를 쓸며 내려치는 수직이 아닌 수평으로 펼쳐졌다.

또는 초식을 따라 궤적을 그리는 칼이 급격히 멈추었다가 그 과정에서 일어난 반발력을 이용해 가속을 붙였다.

이런 형태로 상욱의 의지에 따라 초식에 변화를 가하자 초식 자체가 거칠어지기까지 했다. 하지만 이전 상욱의 칼이 초식만을 따라갔다면 지금의 상욱의 칼은 자유로워졌다.

비유하자면 앞의 칼은 일정한 양으로 한정된 공간에 부는 선풍기 바람과 같았다면, 변초를 따르는 이후의 칼은 완급 조절과 공격 방향의 의외성이 합쳐져 산들바람이었다가 거친 폭풍이 되기도 했다.

만상72기세도의 초식이 끝을 향하며 그 기세가 뭉치고 엉켜 바위 공동을 가득 메웠다.

그 세가 어찌나 흉흉한지 원화는 뒤로 뒤로 물러났다.

우-웅.

벌떼가 날아가는 소리와 함께 바위 공동 안은 '도광난무刀 光亂舞' 그 자체였다.

"정말 영리하군."

이 광경을 지켜보던 원화의 눈에 경이가 담겼다.

그가 상욱의 칼을 벼려 준다는 말은 지금처럼 변초를 활용할 방법을 가르쳐 주겠다는 뜻이었다.

본래 외인에게 가르침을 주지 않는 그였지만, 바위산에서 상욱의 도세를 보고 갑갑함을 느꼈다.

더구나 어제 늦은 밤 각원의 납치 사건의 범인까지 상욱이 밝혀낸 마당이라 한 수 지도를 한다는 가벼운 마음으로 시작한 언질 정도였는데, 받아들이는 상욱의 자질이 범상치 않아 변초를 완전히 꿰뚫어 버렸다.

여기에 변초를 완성하는 과정에서 스승이 없는 상욱에게 부족한 기초도 일정 부분 메워지며 기세까지 완전해졌다.

그 결과가 신검합일이었다.

원화는 결과가 이렇게까지 나오니 만족스러우면서도 입맛이 썼다. 아직 소림의 제자 중에는 상욱만 한 자질을 가진 자가 없었기 때문이었다.

"하ㅡ아ㅡ."

폭풍처럼 움직이던 칼이 정연해졌다. 긴 날숨을 토한 상욱은 신검합일을 풀고 칼의 잔심殘心을 거두었다.

"끝났는가?"

원화가 상욱의 곁으로 다가와 물었다.

"대사님 덕분에 많은 것을 얻었습니다. 그런데……."

"알고 있네. 얻었으니 헤아려 가져야 할 일. 그러나 여기서는 오래 있을 수 없네."

"고맙습니다."

만상궤에 도를 수납한 상욱은 원화에게 허리를 숙여 정중

하게 예를 표하고 그 자리에 주저앉았다.

그리고 그 상태로 원화에게 배운 변초와 적을 향한 집중과 기세로 이룬 신검합일의 과정을 되짚었다.

원화는 상욱을 물끄러미 보다 옆에 서서 호법을 자처했다.

심상을 파고든 상욱은 그가 머릿속에 담고 있는 무공을 하나씩 들어냈다. 초식 하나하나에서 세세한 묘용을 이미 몸과 뼈 속에 깊게 새겨진 상태였기에 가능한 일이었다.

전의 그는 무공에서 너무나 큰 그림만 그렸다.

숲을 그리기 전에 나무도 보고 그 나무 밑에 작은 나무도 봐야 하는데 그냥 숲만 그렸다.

인간의 한계를 넘은 상욱은 정형적인 완벽을 추구했고, 무공 역시 큰 숲과 같은 큰 그림을 완성하기에 급급했다.

숲을 구성하는 나무 하나하나의 본질. 즉 초식과 초식을 이루는 기본으로 돌아갔다가 전체를 보니 세상을 보는 시각이 달라졌다.

물론 원화가 제시한 변초는 무공을 사용하는 기술적인 문제에 불과할 수도 있다. 이것은 탄탄한 기본기 위에 초식의 운용이 능숙해지고 시간이 흐르며 경험이 쌓였을 때 몸이 깨닫게 되는 능숙함의 차이일 수도 있다.

그렇다 해도 몸이 깨닫는 능숙함이 언제가 될지 모르는 시간과의 싸움이기도 했다.

그런 의미에서 보면 상욱은 원화에게서 큰 은혜를 입은 셈이었다.

　게다가 변초를 논외로 하고도 오늘 원화와 비무를 하며 깨달은 집중과 기세는 또 다른 성취였다.

　상욱이 결가부좌를 틀고 변초와 집중 그리고 기세를 화두로 명상을 하다 보니, 호흡이 천둔갑의 내공과 자연스럽게 연계가 되어 버렸다.

　연정도인練精導引의 도추지경.

　상욱은 그도 모르게 운기조식에 들어가 버렸고 세 개의 꽃을 머리 위로 피워 올렸다.

　"허, 삼화취정이라니."

　원화의 입에서 찬탄이 터졌다.

　그러나 상욱의 이 내공 성취는 부사의암의 적멸보전 아래 동굴에서 이미 성취한 경지였고, 지금은 도추의 경지를 향해 달려갔다.

　세 개의 꽃봉오리가 합쳐져 하나의 금빛 정精으로 합쳐졌다가 다시 분화되기를 반복했다.

　이 광경을 보며 주먹을 꽉 쥔 원화의 손에 땀이 찼다.

　무림의 최강자라는 그가 불과 10년 전에서야 이룬 현경의 경지. 그 앞에 상욱이 한발 걸치고 넘어가려 했다.

　인간의 두뇌를 80%까지 트인 상욱에게 현경과 같은 이 천둔갑의 도추지경은 길을 몰라서 그럴 뿐 걷다 보면 넘어갈 산과 같은 경지일 뿐이었다.

즉 단계를 넘기 위해서 길만 제시된다면 벽을 허무는 일은 상욱에게 별 어려움이 없는 반복의 과정일 뿐이었다.

그렇게 30분이 흐르자 상욱이 눈을 떴다.

"쯔쯔쯔."

원화가 혀를 찼다.

"고맙습니다, 이렇게 호법까지 서 주시고."

상욱이 자리를 털고 일어나며 다시 예를 갖추었다.

"안타까운 일이야. 칠일 밤낮을 이리 보내도 짧은 시간인데 방해꾼이 와 버렸어."

"두껍고 높은 벽 앞에 선 자체만으로도 흥분이 됩니다. 그래서 그런지 쉬이 마음을 잡지 못했습니다. 오늘은 여기까지가 한계인가 봅니다."

상욱은 말을 하며 내공을 갈무리했다.

"사숙."

때를 같이해 바위 동부 밖에서 조심스러운 목소리가 들렸다.

"들어오게들."

원화의 말에 늙은 스님 둘이 바위 동부 안으로 들어왔다.

그중 한 스님이 2미터가 넘는 거인이라 중간 키의 다른 스님이 난쟁이로 보였다.

"능진, 능행, 달마원에 있어야 할 중들이 여기는 왜 왔어?"

원화가 미간에 내천 자를 그렸다.

"마암굴磨巖窟에서 퍼진 기운이 숭산을 덮었는데 눈 뜬 봉사 짝을 하라니요."

거인 중 능행의 말은 걸걸했다.

"왜 숭산에 불력이 아닌 도력이 우뚝 서서 그러느냐. 능행, 이놈. 짐승처럼 제 영역이라고 뽐이라도 내려는 것은 아니고?"

"크흠."

능행은 헛기침을 했다. 원화의 말이 거짓이 아닌 모양이었다.

"얼핏 화경을 넘어 현경으로 가는 조화를 봤습니다만."

"능진, 네놈도 똑같구나. 아직도 무공 따위에 미련을 버리지 못했어."

"이인이 있는 자리입니다. 꾸짖더라도 나중에……."

그러나 능진은 할 말을 다 하지 못했다.

"제행무상諸行無常이라 했거늘. 집착이라는 벌레가 해탈의 과육을 파먹어도 내버려 둔단 말이냐?"

"집착이 아닌 정진입니다. 정정진正精進만이 순간의 깨우침으로 이어진다고 배웠습니다."

"네 나이가 몇인데 아직도 고집멸도苦集滅道에 연연한단 말이냐? 에잉, 가세."

원화는 안타까운 시선으로 능진을 일별하고 상욱을 보챘

다

"사숙."

능진이 급히 원화를 불러 발걸음을 잡았다.

"이 시주에 대해서 알아보려면 장문인에게 물어 보거라."

대꾸를 준 원화가 큰 걸음을 떼자, 상욱은 고개를 숙여 능진에게 눈인사를 하고 원화의 뒤를 쫓았다.

그 잠깐 사이 상욱의 입이 움직였고 앞서가는 원화는 보지 못했다.

돌아오는 길은 침묵의 연속이었다. 그러다 숭산 정상을 밟은 원화가 멈춰 섰다.

"손님 앞에서 못 볼꼴을 보였네. 잠시 암자에 들려 차나 한잔하세."

"그리하도록 하겠습니다. 마침 각화 스님에게도 묻고 싶은 말도 있고요."

"무당 일 말인가?"

"네."

"나도 듣고 싶은 말이었네, 가세."

다시 원화가 크게 걸음을 내디뎠다.

각화는 연락을 받고 1시간이 지나서야 원화의 거처 반행암에 왔다. 그는 혼자가 아니었다. 뒤로 상욱이 처음 보는 스님을 대동했다.

그런데 소림의 최고 어른인 원화가 자리에서 일어났다.

상욱은 그 스님을 보며 인사를 했다.

"소림의 장문인을 뵙습니다. 한국에서 온 박상욱이라 합니다."

인사 받는 중은 먼저 원화에게 정중히 반장을 하고는 상욱을 대했다.

"호오, 나는 시주를 처음 보는데 나를 알고 있는가?"

"원화 노스님을 보고 알았습니다."

"맞네, 내가 소림의 장문인인 각현일세. 그대를 각화를 비롯한 그의 사형제들이 칭찬하며 약간은 사악한 면이 있어 문제를 일으켰다 하더니, 딱히 그렇지도 않군. 뭐 그렇게 인상 쓸 필요까지는 없네. 그리고 참회동의 일은 문회를 봐서 없었던 일로 하라 일렀네."

각현은 상욱을 보며 묘한 표정으로 말했다.

"……."

상욱은 말을 아꼈지만 쓴웃음이 나왔다.

"자, 자, 앉아서 대화를 나누세."

원화가 급히 나서서 자리를 정리했다. 그리고 네 사람이 탁자를 두고 앉자 각현은 원화의 안부를 살폈다.

"사조, 암자에서 몸을 혹사치 마시고 달마원으로 드시죠."

"똑같은 말은 마시게. 고루한 군상 틈에서 동자승 시중이나 받으며 뼈 삭였다가 꼬실라질 일 없네."

"말씀이 무겁습니다, 괜한 말했습니다. 아미타불."

각현은 진심으로 원화를 챙겼다.

"그보다 여기 반행암에는 엊그제 올라왔는데 무슨 볼일이신가?"

"마암굴 쪽에서 도기道氣가 일렁여 능자 배 사숙들에게 물으니 사조께서 아시는 일이라고 해서 찾아왔습니다."

"답을 찾지 않으셨는가?"

"그래서 놀라고 있습니다."

각현은 상욱을 보며 말했다.

"무슨 말씀이십니까, 장문 사형?"

각화는 도저히 뜻을 모르겠어서 물었다. 입맛이 썼다. 세 사람, 원화과 각현 그리고 입을 다물고 있는 상욱까지 말속의 그 정을 알고 말하는 눈치였다.

"너에게는 해당이 안 되는 말이다. 괜히 알아봐야 격만 떨어질 뿐이야."

원화는 말꼬리를 잘랐다.

"각화대사님, 제 개인적인 일입니다. 그보다 묻고 싶은 것이 있습니다."

상욱도 원화 편에 섰다.

"크흠, 물어보게."

각화는 장문 사형과 사조를 보며 답했다.

"어제 무당에서 실종되신 분과 각원대사님과 친분 관계를 알아보신다고 하셨는데, 혹 무당의 그분도 서장에 가지 않았습니까?"

"맞네, 무당이 이르길 해진 도우도 사형과 같이 서장에 갔다 하네."

"그럼 원한?"

혼잣말로 중얼거린 상욱이 고개를 갸웃거렸다.

청산 옆에 땔감 걱정 없다고 근본만 잃지 않으면 언젠가는 이루고자 하는 것을 이룬다는 말이 있다지만, 그래도 근 30년이 되어 가는 원한이라니, 납득이 되지 않았다.

"무당 쪽도 답이 나오지 않는 모양일세."

"문회 스님 말씀이 구파와 세가에서 여러분이 서장에 가셨다는데, 돌아오신 분들은 연락이 되나요?"

"글쎄, 내가 알기로 그 숫자가 한 손가락 안에 꼽았네만."

원화가 끼어들었다.

"내 기억으로도 그러네. 구파 제자와 세가 직계와 방계 가족 오십여 명이 서장으로 파견됐다가 몇 돌아오지 못했네. 그런 이유로 귀환자들에게 상처가 되지 않게 말 자체가 금기시되어 버렸고."

각현이 안타까운 표정으로 덧붙였다.

"도대체 그 시기에 무슨 일이 있었기에?"

"인도와 전쟁 중이었네. 못 돌아온 자들은 전사했네."

"제 생각입니다만, 그럼 납치 피해자의 공통분모는 서장

두개의
심장을
가진자

파견입니다."

탁.

"시주의 뜻을 알겠군. 귀환자들이 누구인지 알면, 그들을 찾아 길목을 지키면 서문혜를 만날 수 있다는 말이군."

각현이 무릎을 쳤다. 괜히 소림의 장문인이 아니었다. 그는 상욱의 말을 듣자마자 속뜻을 풀어냈다.

"그렇다 해도 귀환자들이 누군지 모르니."

"오래전 일이라 여기저기 물어봐야 될 일입니다. 일단 무당으로 가 단서를 찾겠습니다."

원화는 고개를 흔들고 각화는 각현에게 방향을 제시했다.

"무당행은 이미 나왔던 말이니 사제는 그렇게 하게. 참, 시주도 동행을 한다고?"

각현이 상욱을 봤다. 그의 눈빛에는 기대가 담겼다.

"그렇습니다."

"모쪼록 잘 부탁하네. 시주가 각자 배 사형제들과 간다 하니 각원 사제를 빨리 찾았으면 하는 바람에 희망이 더해지는군."

"부담스러운 말씀입니다."

"부담은 오히려 시주 같은 사람을 부리는 소림이 더 부담일세. 내 시주가 그만한 능력이 있는 것을 몰랐으면 몰라도, 아니, 무엇을 내주어야 할지 모르겠네."

"원화 노스님이 베푼 은혜만으로도 충분합니다."

"그렇다면야 내 입장에서는 고마울 뿐일세. 그럼 난 시주의 말처럼 서장에 파견되었다가 생환한 인사들을 알아보고 각화에게 연락을 주겠네. 그리고."

각현은 말을 끊고 원화에게 시선을 두었다.

"사조님이랑 차 한잔 제대로 못 하고 일어납니다."

그는 자리에서 일어나 원화에게 오른손을 올려 반장을 하며 허리를 숙였다.

"바쁠 텐데 걸음이 잦네. 필요한 말은 사람을 부리시게."

원화도 따라 일어났고 상욱도 덩달아 일어나 각현을 배웅했다.

"저도 출발할 준비를 해야겠습니다. 노스님, 언제 다시 뵐지 모르겠습니다."

상욱은 원화에게 작별 인사를 했다.

그러자 원화가 웃는 낯에 선문답으로 한 구절 말을 줬다.

"늙어 죽음이 가까운 나이가 되니 이 말 하나만 가슴에 남았네. 비워야 채워지네, 인생 무소유일세. 천천히 가시게."

그리고 그는 몸을 돌려 암자 반행암으로 들어갔다.

돌고 도는 발걸음

그날 오후.

상욱은 각화 사형제 명법정화와 그의 일행 이철로 등 다섯은 소형 버스를 타고 호북으로 출발했다.

해가 지고 숙소에 들었을 때 각화는 장문인으로부터 한 통의 전화를 받았다.

−소림의 각원, 무당의 해정, 청성의 속가제일인이자 세검장의 장주 이태방, 당문의 문주 당사륵. 네 사람만이 서장에 갔다 살아 귀환했다.

스물일곱 개 봉우리, 서른여섯 개 단애, 스물네 개 계곡.

그 현묘하고 신령스러운 모습에 방사들이 모여들어 그

옛날 그들만의 우주를 열었던 곳 또한 비진무非眞武 부족이당不足以當(참된 무공을 논하는데 무당을 거론치 않고서는 합당치 못하다)이란 말.

이 모든 것의 귀결은 무당파다.

상욱은 지금 그 무당파에 있었다.

만 하루가 걸려 오후에야 호남성에 도착한 그는 균현 방거동을 통해 무당산에 올랐고 자정이 다 되어서 도착했다.

쉼 없이 올라왔지만 도착하자마자 무당파 외곽 추렴전秋斂展이란 2층 도관으로 안내됐다.

"기다리고 있었네."

통천관에 노란 도복을 입은 노도사가 검은 도복을 입은 제자 셋을 대동하고 각화 일행을 맞이했다.

"어찌 장문인께서 직접 나오셨습니까?"

각화가 일행을 대표해 나섰다. 그의 얼굴에는 민망함이 서렸다.

"무당이 어찌 소림과 같겠는가."

"별말씀을 다하십니다."

"안으로 들어가서 이야기함세."

무당 장문인이 먼저 몸을 돌려 추렴전으로 들어갔다. 그들따라 맨 마지막에 도관을 들어선 상욱은 미간을 찡그렸다.

도사들이 도를 닦는 장소가 아니었다.

상식을 벗어났다. 우중충한 분위기는 별개로 하더라도 오

두개의 심장을 가진 자

감을 자극하는 피 냄새로 가득했다.

상욱은 돌연 소림에서 무당으로 출발하기 전에 각화가 했던 말이 떠올랐다.

'시주, 무당에 가면 주의할 몇 가지가 있네.'

'주의라니요?'

'특별한 것은 아니고 현재 무당의 사정을 말하고자 하네.'

'말씀하시지요.'

'문화대혁명 당시 소림과 달리 무당은 엄청난 지탄과 수탈을 당했네. 그 일로 인해 무당은 재건을 해야 했고, 작금에 이르러서야 제법 예전의 틀을 갖추게 됐네.'

'정말로요?'

'그렇다네. 무당의 장문인 해문解吹 유현득 역시 속가제일인이라 칭해졌던 사람이라 까탈스러운 면이 있네. 더구나 무당파 내부에서도 내공을 중시하는 순양과 초식을 주류로 하는 송계 계파로 나눠져 갈등을 빚다가 요즘에서야 봉합이 되었네. 또한 무공도 최고의 비전이랄 수 있는 태극신공과 태극혜검이 소실됐을 뿐만 아니라 태을금박 23식이 기본 무공이 되었을 정도로 쇄락해 있는 상황일세. 그런데 무당파 순양 계열의 한 축이었던 해정이 납치되었으니 분위기가 흉흉할 수밖에 없네. 모쪼록 기분이 언짢은 일이 생겨도, 소림의 얼굴을 봐서라도 참아 줬으면 하네.'

상욱은 머리에서 이틀 전 기억을 밀어 냈다.

2층에 올라서자 각화가 말한 이유가 설명이 됐다.

검을 든 신선이 분노해 마귀를 검으로 내려치는 벽화 밑으로 긴 탁자가 놓여 있고, 그 앞으로 검은 도복을 입은 도인 스무 명이 좌우로 도열했다.

그 사이에 형틀에 묶여 피투성이가 된 사내가 널브러져 방치되어 있었다.

"이, 이것 참."

"하─아."

소림사의 명법정화 각자 배 네 스님과 덕치가 탄식을 터트렸다.

그러자 추렴전의 몇몇 도인이 고개를 돌려 각화 일행을 바라보는데, 눈빛에 살기가 어렸다. 상욱은 그들에게서 무언의 시위를 해 오는 투기마저 느꼈다.

"아따메, 도와주러 왔다가 싸다구 쳐맞게 생겼고마이─잉."

덕치가 나직이 투덜거렸다. 그러자 조용한 실내가 그의 목소리에 점령당했다.

"저들은 누구요?"

무당 장문인 옆에 서 있던 장로 해송이 각화에게 물었다.

"이번 일을 도와준 한국에서 온 박상욱 형사와 일행이오."

"그가? 음 생각보다 젊군."

해송이 중얼거리더니 그의 맞은편에 있는 중년 도인을 봤다.

"강인준 사제, 그대의 나라에서 온 사람이라는군. 일단 자네가 데리고 나가서 대접을 하게. 이 일은 외인이 봐서 좋을 것이 없는 일이니까."

해송은 장문인의 허락 없이 명을 했다.

그의 직책은 집법전의 전주다. 오늘 일을 주재하는 여기서만큼은 장문인보다 권한이 더 있었다.

"일단 나가서 이야기를 하시죠."

강인준은 이철로와 송면 형제를 보며 고개와 눈을 내렸다. 그들은 안면이 있는 사이였다.

추렴전에서 나온 이철로가 손을 내밀었다.

"강 동생, 몇 년 보이지 않더니 중국에 있었군."

"오랜만입니다, 형님. 그런데 여기는?"

"아, 요즘 여기 이 사람을 따라다니고 있네. 소개하지. 경찰청에 있는 박 경감일세. 송면 형제와는 사질 간일세. 그리고 이 사람은……."

"덕치 스님은 알고 있습니다."

미간을 찌푸리는 강인준이라, 누가 봐도 덕치와는 좋은 인연은 아닌 모양이었다.

"박 경감, 강인준 동생은 강원도 사람으로 중국으로 여행을 와 무당 장문인과 사제지간의 연을 맺은 사람일세."

이철로가 나서서 소개하자 강인준이 상욱에게 손을 내밀었다.

"무당의 진무전을 맡고 있는 강인준일세."

"박상욱입니다."

"그대 이야기는 장문인께 들었네. 소림과 무당의 납치 사건에 서문혜라는 여자가 연루되었다는 단서를 밝혀냈다 하시더군. 오늘은 장문인께서 때가 안 좋아 인사를 못 하셨네. 내 무당을 대신해서 사의를 표하네."

강인준은 허리를 숙였다.

"별말씀을 다 하십니다."

"자, 여기서 이럴 게 아니라 영빈각으로 모시겠습니다. 소림에서 연락이 와 여러분 숙소를 준비해 놨습니다."

강인준이 길 안내를 나섰다.

상욱 등이 도착한 영빈관은 2층으로 온기가 훈훈했다. 강인준의 말처럼 손님을 맞이할 준비는 해 놓았지만, 차 한 잔 내놓지 않는 인색함을 보였다. 무당은 최소한의 예만 차렸다.

"무당의 성세가 옛말이 된 지 오랩니다. 소림과 달리 무당은 공산당에 크게 탄압을 받아서…… 요샌 점차 틀을 잡아가고 있습니다. 부족한 점, 이해 부탁드립니다."

강인준은 큰 방에 상욱 일행을 몰아넣고 속사정을 토했다.

"아무리 그라도 겁나게 박하구마이."

덕치가 불만을 토했다. 하지만 강인준은 콧등으로 덕치의

두 개의
심장을
가진 자

말을 흘려 버렸다.

"오늘은 늦었으니 내일 아침에 들리겠습니다."

그러고는 인사를 하고는 나가 버렸다.

"아따 너무혀 버리는 고만. 우리한테 도움을 받을 사람들이 맞단가?"

덕치는 짐을 풀며 투덜거렸다.

상욱도 마음이 무겁기는 마찬가지였다. 무당에 환대까지는 바라지 않았지만 옆집 사돈에 팔촌 취급을 당할 줄 몰랐다.

"너무 언짢아하지 말게."

이철로가 상욱에게 말했다.

"초대받지 않은 손님이라 이건가?"

상욱이 혼잣말을 내뱉었다.

"원래 유현득은 편협한 인사라고 무림에서 소문이 자자하네. 강인준은 이런 사람이 아닌데 스승을 따르다 보니 어쩔 수 없는 상황에 놓인 듯하네."

"흥, 강인준이? 시방 말이여 막걸리여. 강원도에서 쥐새끼 덜하고 웬갖 말썽 부렸는디. 10문 10가 중 몇 곳과 부딪쳤었단게. 편협허기 말허면 쪼메 그 싸가지도 만만치 않단게."

덕치가 이를 갈며 송면 형제를 보며 동조를 구했다.

그러자 송면이 고개를 끄덕이며 말했다.

"범죄는 아니어도 각종 이권에 끼어들어 문제가 좀 있었네."

"크흠, 그렇다 해도 일반인들하고 문제는 없었네."

이철로는 강인준을 옹호했다.

"느그 집 딱가리로 한 2년 안 있었단가?"

덕치가 곧바로 이철로를 쏘아붙였다.

"근본은 그리 나쁜 사람은 아닐세."

"두 분 다 그만하시죠. 어차피 무당은 저희하고 무관할 성
싶습니다."

상욱은 말이 오가는 사이 짐 정리를 마쳤다.

그가 무당에 온 목적은 단 하나였다.

무당의 장로를 납치한 위지대부인의 하수인이 된 자가 카
르에 오염됐는지 여부를 확인하러 왔다는 것이었다.

그리고 추렴전에서 널브러져 있던 자에게 상욱이 은밀하
게 카르마를 흘려보내자 문회와 같은 반응을 보였다. 이를
확인했으니 목적의 일부를 확인한 셈이다.

그래도 달갑지 않은 환영은 무당에 대한 인식을 흐리게 했
다.

다음 날 아침.

상욱은 소림의 각자 배 명법정화 네 사형제와 마주 앉아
조찬을 했다. 영빈관 1층 식당에 마련된 원형 탁자에 다섯
가지 두부와 나물 반찬과 불면 날아갈 거친 쌀밥이 나왔다.

말없이 아침 식사를 마치고 차를 내오자 상욱이 입을 적

두 개의
심장을
가진 자

셨다. 굳이 무림의 일에 관여할 의사가 없어 어제 일은 함구했다.

"시주, 잠자리는 거칠지 않았소?"

각화가 이철로에게 운을 뗐다.

"새벽에 좀 쌀쌀하더군요. 무당 사람들 마음은 더 춥더군요."

"어제는 그 자리에서 바로 나가게 해서 미안하네."

각화는 대상을 상욱으로 바꾸어 말하는데 표정이 어두웠다.

"굳이 그 자리에 남고 싶지도 않았습니다."

상욱은 불쾌한 감정을 그대로 보여 줬다.

"그 무당 제자 말일세."

각화는 따로 할 말이 더 있었다.

"끝까지 입을 열지 않았네. 묻겠네, 혹 문회와 같은 상태인지 확인을 할 수 있는가?"

"굳이 만신창이가 된 그는 만나지 않아도 됩니다. 참회동에서 뵌 문회 스님과 다름이 없었습니다."

"그래도 그 무당 제자를 만나 보았으면 싶네만."

"정신을 깨우기 위해서는 그만한 체력이 있어야 합니다. 사람을 그리 죽을 쑤어 놔서 어렵습니다."

"일단 체력을 회복하도록 조치를 취하도록 이르겠네."

각화의 말에 상욱은 고개를 흔들었다.

"무당 장문인이 그럴 분으로 보이지는 않는군요. 무당에서 제 협조는 여기까지인가 봅니다."

"이보게, 박 시주."

"무당의 일이라 안 하려는 것이 아닙니다."

"그런데 왜?"

"소림의 장문인과 저와 대화를 듣지 않았습니까. 서문혜를 막기 위해서는 서장에 파견되었다 생환한 분들 옆에 있어야 합니다. 그래야 서문혜를 잡고, 각원대사과 해정 도인의 행방을 쫓을 일이 아닙니까."

"청성이나 당문에는 이미 연락을 해 두었네. 그리고 청성 속가제일인인 이태방과 당문 문주 당사륵은 그리 호락호락한 인물도 아니고. 아마도 주변에 벽을 쳐 놨을 것이네."

"후─우, 그런 미온적인 대처로는 서문혜를 잡지 못합니다. 오히려 쫓을 뿐이죠. 그럼 그녀의 분노는 누구를 향하겠습니까? 각원, 해정 두 분을 찾으려면 방법을 달리해야 합니다."

"……."

각화는 한동안 말이 없었다.

상욱의 말을 돌이켜 보니 각원의 생명이 위험할 수 있었다. 사형인 각원이 서문혜에게 무슨 잘못을 했는지 모르지만, 납치를 한 이후 협박을 하지 않는 것은 목적이 납치당한 사람에게 있다는 뜻과 같았다.

그런데 다른 목표가 사라진다? 적어도 화풀이 대상이 될 것이다.

얼굴이 굳어진 각화는 자리에서 일어났다. 그는 곧장 무당 파 사람을 만나러 갔다.

상욱은 각화를 뒷모습을 뒤로하고 짐을 꾸렸다.

한데 각화는 10분도 지나지 않아 빠른 걸음으로 다시 돌아 왔다.

"청성 쪽에서 일이 터졌네."

앞뒤 말을 자르고 각화가 말했다.

"알고도 납치를 당했단 말입니까?"

상욱이 말을 한 수 건너짚었다.

"이태방의 제자가 둘이나 변절했다네. 무당에서 서둘러 출발한다는군."

"짐 풀자마자 짐 싸려 했더니 그 짝대로 되어 버렸군."

상욱이 한국말로 중얼거렸다.

30분 후, 상욱 일행과 소림사 각자 배 명법정화 중들은 올 때처럼 소형 버스에 몸을 싣고 사천으로 출발했다.

사천의 성도省都 성도成都는 중국 발음으로 청두로 2천만 명이나 거주하는 대도시다.

이처럼 성도가 대도시로 거듭나게 된 결정적 역할은 무엇일까?

답은 치수治水에 있었다.

촉나라 시절 홍수 예방을 위해 도강언이란 인공 섬을 건설해 민강의 물줄기를 잡았다. 지금은 세계 문화 유산으로 등재된 상태다.

이곳에 수 대째 터를 잡은 세검장洗劍莊은 청성파의 속가로 유명하다.

상욱 일행은 성도에 도착하자마자 이 도언강 세검장에 여장을 풀기 무섭게 회의에 참석해야 했다.

이곳 세검장 역시 소림이나 무당처럼 혼란에 빠져 있기 때문이었다.

세 번째 납치 사건의 피해자가 세검장주 이태방이니 당연한 일이다. 회의장은 각양각색의 복장을 한 삼십여 명이 2열로 배치된 사각 책상을 마주 보고 앉아 있었다.

우측은 소림을 대표한 각화와 무당파 장문인 유현득이 자리했고, 좌측은 청성은 태관 장로와 세검장주의 동생 이태후 그리고 철접마수鐵蝶魔手라 불리는 당문의 문주 당사륵이 앉았다.

그들의 뒤로 많게는 여섯, 적게는 세 명의 관계자들이 배석했다.

"일단 먼 길 오신 동도 여러분에게 사의를 표합니다."

자리가 정리되자 세검장주의 동생 이태후가 일어나 앞과

두 개의
심장을
가진 자

좌우에 포권을 했다.

"무당이 여기에 온 것은 당연한 일이오. 무당은 이번 일을 결코 좌시할 수 없소."

유현득이 벌떡 일어나 말했다. 그리고 좌중을 돌아봤다. 할 말이 더 남아 있음이다.

"게다가 무림에 별별 억측을 낳으며 우리의 명예를 깎아내리는 소문이 일파만파 퍼져 있소이다. 비공개적이지만 소림에서 결정적 단초를 찾았고 무당에서 위지마녀가 범인이라는 사실을 확인했소. 하지만 납치당한 무림의 인사 세 사람과 위지마녀의 이해관계는 안갯속이오."

유현득은 위지대부인 서문혜를 마녀로 규정을 했다.

또한 위지마녀의 정체는 상욱이 밝혀내 소림에서 무당에 통보했던 것인데, 그의 제자를 고문해 자백을 받아 냈으니 득실 관계에 얼마나 민감한 자인지 알 수 있는 대목이었다.

"그래서 난 당가 가주가 아는 바를 여기서 밝혀야 한다고 생각하오."

그는 속내를 드러냈다.

당문 문주 당사륵은 유현득으로 인해 이목을 받자 얼굴이 붉어졌지만 이내 탁자를 짚고 일어났다. 상황 설명을 각오한 참석이었다.

"후─우."

그는 가볍게 한숨을 내쉬었다.

일문의 문주로 이런 노골적인 지적을 받을 줄 몰랐다. 그래서인지 왜소한 키지만 다부진 몸매와 강단이 있는 그의 얼굴에 실망감마저 비쳤다.

게다가 무당뿐 아니라 소림과 청성 사람들도 그의 입만 바라봤다. 결국 분노로 자극받은 자존심을 뒤로하고 설명을 해야 했다.

"우선 이야기를 하려면 당시 상황부터 아셔야 하오. 당시 서장은 말이오 1959년부터 맥마흔 라인을 두고 중국의 몽서 자치구와 인도 간 전투 중이었소. 뭐 그 전투가 지지부진하고 지엽적으로 20년을 끌고 있었지만서도. 그 돌파구로 중국 공산당은 구파와 세가 등 무림의 참여를 독려했소이다. 또 40년 전은 문화대혁명이 진행되던 때라 구파와 세가는 억압에서 자유로울 수 없었고 오십여 명이 참석했소. 여기까지는 대부분 알고 있는 사실일 것이오. 하지만 그곳이 얼마나 살벌했는지 알고 있는 사람은 생존자 네 사람뿐이오."

과거를 회상하는 당사륵은 잠시 말을 끊었다. 그리고 다시 말을 이어 갔다.

"별기대라 칭했던 우리는 7대군구 중 성도군구 예하 18집단군 몽서군蒙西軍에 편제됐소. 몽서군 참모장 종규 장군을 직속상관으로 두었으나 실제로는 천산파의 장문인 서문보군이 이끄는 백호부대 소속이나 마찬가지였소. 어쨌든 서문보군은 백호부대뿐 아니라 몽서군을 장악하고 맥마흔 라인의 타격대 역할을 했소. 그는…… 서문보군 그는 참 대단한 사람이었소. 인도군 사이에서는 이미 검은 악령이라는 별명으로 통할 정도였소. 뭐 사실 그때까지만 해도 우리는 기세등등 햇병아리에 불과했었고, 아무튼 별기대는 몇몇 작전에 투입되었지만 서문보군의 군대를 쫓아가는 정도에 불과했소."

당사륵은 잠시 말을 끊고 물컵을 집어 들었다.

"꿀꺽, 크흠, 계속하겠소. 그곳은 최악인 곳이오. 끝없는 산맥과 혹독한 추위 그리고 굶주림이 우리의 동반자였소. 게다가 대부분 20대 초반이고 이류에 불과한 어설픈 무공은 약간의 도움이 될지언정 총알이 빗발치는 전장에서 피를 말리는 긴장감을 떨치기에는 부족했소. 처음 전장에 도착하기 전의 오만함은 개 꼬리처럼 감춰졌소. 그런데 전쟁이 진행될수록 보이지 않던 것들이 보이기 시작했소. 서문보군의 검은 악령이란 별명이 괜한 것이 아니었소. 빠른 신법은 검은 그림자만 남겼고 그가 지나간 자리에는 목과 몸통이 분리된 시체만 남았는데……."

당사륵은 잠시 망설이다가 말을 이어 갔다.

"그럴라치면 간간히 혈기가 서문보군의 몸으로 흡수되는 착각을 받고는 했소. 쉬쉬했지만 마공이라는 데 이견이 없었던 게 특기대 구파와 세가의 선임들의 의견이었소. 그렇게 시간이 흘러 전쟁이 3년이 넘자 분위기가 많이 바뀌었소. 오십여 명이 넘던 특기대 인원은 열일곱 명이 죽고 서른다섯 명만 남았소. 전쟁을 통해서 인간적인 성장통도 있었고 무공도 일류 끝자락을 붙잡은 동료들도 제법 나오던 시점이었소. 그러자 서문보군의 무공이 눈이 들어왔소. 마공은 아니었지만 확실히 사공에 가까운 괴공을 익히고 있었소. 그를 보는 특기대는 괴이한 감정을 지울 수가 없었는데 그것이 위화감이란 것을 깨달았을 때는 너무 늦은 상황이었소."

"뭐가 늦었다는 것인가?"

유현득이 당사륵에게 물었다.

"그, 서문보군이 이끄는 작전에 참여하고 돌아오면 꼭 대원 한둘이 죽어 나갔기 때문이오. 간혹 특기대만 작전에 투입되는 경우도 있었는데 그때는 희생이 나오질 않았소. 그래서 점점 그를 경원시했소. 다시 6개월이 지날 때 대원 다섯이 더 희생이 됐고 결국 다음 작전에 선임 둘이 멀리 떨어져 미행을 했소. 그 둘 중 하나가 나였고 그의 추악한 진면목을 보았소. 믿을 수 없는 광경이었는데…… 꿀꺽."

당사륵은 마른침을 삼켰다. 당시의 광경이 얼마나 끔찍했는지 그의 눈에 아직도 생생한 탓이다.

"그는 여느 작전과 같이 빠른 이동을 했고 적진으로 침투했소. 비록 야간이기는 했지만 설산의 눈과 보름에 뜬 달은 멀리서도 그들의 움직임을 다 볼 수 있었소. 검은 안개로 변한 그가 적의 참호에 침투해 적을 무참히 베어 나가는데 적의 총알이 그를 비켜 나가는 듯했소. 어쨌든 살육이 한참 진행되었고 마지막에는 서문보군이 부대원을 적진에서 물리고 그만 남았소. 주검만이 남은 그 장소에서 그는 하늘을 향해 양팔을 벌리고 섰는데, 믿기지 않게도 목이 잘린 시체에서 혈기가 뿜어져 나와 그를 휘감았소."

"세상에 그런 마공이 있단 말인가?"

유현득이 당사륵의 말을 끊고 의문을 토했다.

"그럼 묻겠습니다. 무림에 누가 있어 300명이 넘는 적들이 집중 사격하는, 그것도 기관총과 수류탄이 폭발하는 전장에서 적을 도륙할 수 있겠습니까?"

"……."

모두가 입을 다물었다.

"그날 그가 그랬소이다. 적 300명을 도륙하고 혈기를 흡입했단 말이오."

당사륵은 치를 떨며 주먹을 꽉 쥐고 탁자 위를 짚었다.

"나와 각원은 그의 모습을 완전히 확인하지 못하고 뒤로 물러나야 했소. 겁을 잔뜩 먹고 말이오."

"꿀꺽, 그래서 이후 어떻게 됐습니까?"

청성의 장로 뒤에 앉은 장령제자 반암이 마른침을 삼키며 물었다. 그러자 모두의 시선이 그를 향했다.

반암은 이야기에 빠져 끼어들지 말아야 할 때 끼어들었다.

"크흠, 너무나 기이해서……."

하지만 누구도 반암을 탓하지 않았다. 여기 있는 사람 전부가 그와 같은 심정이었다.

단 한 명, 상욱을 빼놓고 말이다.

상욱의 얼굴은 딱딱한 아스팔트만큼이나 굳었다. 마왕 에블리스의 권능과 유사한 이 이능력異能力은 마계의 귀족이나 갖는 것이다. 이걸 목격한 자가 지구에서 나왔다.

그래서 그 역시 뒷이야기가 궁금했다.

당사륵의 말은 계속됐다.

"허겁지겁 도망쳐 부대로 복귀한 나와 각원은 대원들에게 본 대로 말했소. 다들 믿지 못하는 분위기였으나 전쟁터에서 혈기가 난무한 일이 한두 번이 아니었기에 믿음이 굳어졌소. 다들 대책을 세우자고 했지만 확실한 답이 나오질 않았소. 그렇게 불안한 몇 날이 지났고 출동 명령과 함께 형산파의 단홍무가 서문보군을 따라나섰고 불귀의 객으로 돌아왔소. 그리고……"

말을 끊고 당사륵이 망설였다.

"당 형님, 지난 일입니다. 누구라도 그 상황이면 어떤 일이라도 저질렀을 것이고. 그냥 허심탄회하게 말하시지요."

옆에 있던 이태후가 당사륵의 손을 꾹 잡았다가 놓았다.

"우리는 함정을 팠소이다. 1톤이나 되는 화약을 묻고 서문보군을 유인했소. 문제는 하지 말아야 할 행동을 한 것인데, 그의 부인을 인질로 잡았으니 오지 않을 수 없었소. 그 일은 의외로 간단했소. 서문보군을 빼면 천산파는 그저 그런 2류 문파였기 때문이오. 세웠던 계획은 성공했으나 서문보군을 너무 몰랐던 것이 화근으로 돌아왔소. 유인한 돌산이 반파될 만큼 그 엄청난 폭발 속에서도 서문보군은 죽지 않았소."

"어찌 그럴 수가?"

이태후는 믿을 수 없는 듯 입을 반이나 벌어졌다.

당사륵은 그런 이태후를 무시하고 계속 말을 했다.

"오히려 어설픈 창에 찔린 호랑이를 방사한 꼴이었소. 분노한 그는 진짜 반 미쳤었소. 만약을 대비해 제갈세가 제갈렴이 제시한 천금지쇄진天禁地鎖陳을 펼쳐 서문보군에 대항했으나 방어에 급급할 뿐이었소. 그나마 진의 중앙에 인질로 잡아 놓은 서문부인 때문에 대치가 이뤄졌을 뿐이오. 그런 면에서 제갈렴은 확실히 똑똑했소. 제대로 살수를 못 쓰는 서문보군은 폭발 여파가 아예 없지는 않았는지 계속 피를 흘리고 있었고, 간간히 대원들의 무기에 상처가 나기도 했소. 혈인에 가까워지고 비틀거리는 모습이 얼마 남지 않아 보였소. 그런데 사달이 일어났소. 인질로 잡혀 있던 서문부인이 위협하는 검으로 스스로 목을 베었소. 후─우."

죄책감 때문인지 당사륵은 긴 숨을 내쉬고 소매로 이마에 땀을 훔쳤다.

"계속하겠소. 그 순간 서문보군의 얼굴은 흉신악살로 바뀌었소. 그리고 우리와 그 사이에는 오로지 서로 죽이기 위한 칼질만 했는데 얼마나 처절했는지 지금도 등골이 오싹하오. 그리고 반 시진 동안 서문보군은 천금지쇄진을 지휘하는 제갈령을 집요하게 쫓았고 우리는 그런 서문보군을 막았소. 종국에 가서 천금지쇄진이 깨지고 도륙이 되기 시작했는데……."

당사륵이 주저하더니 말을 끊고 입을 다물었다.

"그 후 어찌 되었습니까?"

그러자 이태후가 다시 재촉을 했다.

"특기대로 전쟁에 참여하고 살아남은 네 사람이 당시 일을 여태까지 함구할 수밖에 없었던 이유가 여기에 있네."

"함구라니요?"

"열 명이 남았을 때 전멸을 예상했지. 그런데 뜻밖에 사람이 나타났네. 그가 우리를 도와 서문보군을 죽였네."

"그가 누군데요?"

"말할 수 없네."

이태후의 말에 당사륵이 잡아뗐다.

"당시 살아남은 네 사람은 그의 정체를 밝히지 않기로 약속을 했네."

당사륵이 말을 덧붙였다.

"……."

회의장에 침묵만 돌았다. 그때 상욱이 손을 들었다.

"그대는?"

이태후가 상욱을 보며 물었다.

"내가 소개하겠소."

각화가 일어났다.

"일간에 소림과 무당 그리고 작금에 일어났던 납치 사건의 전말을 파악한 사람이 그요. 한국 형사로 소림에서는 이번 사건에 한해서 그에게 도움을 받고 있소."

"아, 그 박상욱이라는 형사."

이태후가 고개를 끄덕이며 말을 이어 갔다.

"의견이 있으면 기탄없이 하시오."

"당 문주님에게 묻고 싶습니다."

상욱이 당사륵을 지목하자 당사륵은 미간을 찌푸렸다. 그래도 고개를 끄덕여 긍정을 표했다.

"그 약속, 강압에 의한 것은 아니지요?"

"뭐라? 당문을 어찌 보고."

상욱의 말에 당사륵 뒤에 있던 중년인이 벌떡 일어났다. 그러자 당사륵이 뒤돌아보며 손짓을 해 앉으라 했다.

"당연하네."

"그럼 제가 당시 상황을 물으면 답하실 수 있겠군요."

"그렇……네. 그의 이름만 말하지 않으면."

상욱의 말에 당사륵이 잠시 멈칫했으나 긍정을 표했다.

"절묘하군, 절묘해."

무당 장문인 유현득이 무릎을 쳤다. 그러자 몇몇은 고개를 끄덕이고 몇몇은 의문의 눈이 가졌다.

그중 청성의 장령제자 반암이 손을 들려 하자 이태후가 말렸다.

"당 문주에게 물어보게."

유현득이 나서서 상욱을 재촉했다.

"우선 이 이야기의 본론으로 돌아가서 묻겠습니다. 서문이란 성이 흔하지 않은데 혹 위지대부인 서문혜가 그 서문보군과 관계가 있습니까?"

"서문보군의 딸 이름이 서문혜일세. 다만 이번 납치 사건을 주도한 서문혜가 그 서문혜인지 아닌지는 모르겠네."

"동명이인일 수 있다는 말씀이군요."

"그렇다네."

"흥, 위지대부인이라는 위지마녀가 그 서문혜가 틀림없겠군."

유현득이 말을 끊었다. 그는 서문혜라는 이름에 분기를 감추지 못했다. 따져 보면 서문혜가 납치범이라는 데 이견이 나올 수 없었다.

"계속해서 묻겠습니다. 각 파의 제자들이 죽었는데 존장들에게 이런 사실을 고하지 않았다는 것이 이해가 되지 않습니다."

"당시 구파나 각 세가에서는 특기대로 차출된 제자나 가솔들을 다 죽은 목숨으로 여겼네. 아니 우리에게 관심이 멀어졌다는 표현이 맞겠군."

"그래도 특기대가 전멸에 가까운 죽음을 당했는데, 수습이 만만치 않았을 텐데요?"

"으음."

상욱의 말에 당사륵은 침음을 흘렸다. 그는 대답을 못했다.

"제 생각입니다만, 아무리 무능한 군대라도 부대원의 죽음에 책임을 면할 수 없는 일입니다. 더구나 일개 대원도 아닌 백호부대장인 서문보군의 죽음을 덮었다면, 나중에 전투에 참여한 그가 몽서군의 책임자거나 비슷한 위치라는 뜻이겠네요."

상욱이 혼잣말처럼 중얼거렸다.

목소리를 높여 강조하는 말이 아니었지만, 바늘이 떨어져도 소리가 들릴 정도로 침묵 중인 회의장이라 오히려 파급효과가 컸다.

당사륵이 부정을 하지 않으면 그렇다는 뜻이다.

역시나 당사륵은 즉답을 피했다.

"아~."

청성파 장령제자 반암이 탄성을 토했다. 상욱이 왜 이런 질문을 하고 무당 장문인 유현득이 감탄을 했는지 알게 됐다.

당사륵은 그의 말대로 약속을 지킬 수 있고, 회의장에 모인 사람들은 사실관계를 파악하게 됐으니 말이다.

더불어 당사륵이 직속상관이자 군의 책임자로 이야기 서

두에 종규라는 인물로 언급했으니 답의 반절이 나왔다.

종규이거나 종규 주변의 인물을 조금만 조사하면 답이 나올 일이다.

"내가 살면서 똑똑한 사람을 많이 만나 봤지만 몇 마디 말로 이렇게까지 추정을 하는 사람은 없었다. 그대가 한국 사람인 것이 안타까울 뿐이군. 아니, 당가는 데릴사위를 받네. 뜻이 있다면 하시라도 나를 찾아오게."

당사륵은 그제야 긍정을 했다. 사족을 달기는 했지만.

"별말씀을."

상욱은 대답을 하고 심각한 표정이 되었다.

서문혜라는 이름이 베이징 절도 사건에 이어 납치 사건까지 계속 연결이 됐다. 그리고 무엇보다 수십 년을 참아 온 복수를, 이 시점에 이르러서야 한풀이를 시작했다는 점이 마음에 걸렸다.

'납치 사건의 기폭제가 절도 사건에서 출발했어. 놓친 것이 있는데……'

상욱의 고민은 깊어졌다.

그와 별개로 회의는 가르마가 타졌다.

서문혜의 향방이 나올 시점과 장소가 예측 가능해졌다. 서문혜의 목표가 당사륵이라는 명확한 길이 보였다.

이제 회의의 방향은 당사륵의 거처 문제로 바뀌었다.

그리고 긴 토의가 있었고, 회의장을 나서는 사람들은 샛별을 봤다.

⊕

　회의를 마치고 숙소로 돌아온 상욱은 가만히 누워 당사륵의 말을 정리해 봤다.
　'1톤의 폭약이 터지면 온전할까?'
　자신이 서지 않았다. 천둔갑의 호신강기라면 가능할 것 같기도 했다. 오히려 내공을 카르마로 바뀌어 에블리스의 권능을 발휘하면 쉽게 해결될 듯싶었다.
　악마의 불구덩이로 화신한 디르자바라면 폭발과 화염은 고향과도 같았다.
　'300명이 총과 수류탄으로 해 오는 공격은?'
　차라리 쉬웠다. 뱀파이어릭을 극대화한 오감과 화경의 경지라면 빗속도 헤집고 산책할 자신이 있었다.
　더구나 요즘 들어 기세를 화두로 무공의 형식을 초월한 경지인 현경과도 같은 천둔갑의 도추지경의 단초를 찾은 터다.
　말을 하지 않았을 뿐 이철로나 덕치 그리고 송면 형제의 합공도 너끈히 받아 줄 용의가 있었다.
　그만큼 원화와의 대련은 그에게 많은 것을 선사했다.
　그전에 상욱의 무공은 문제가 두 가지나 있었다. 첫째는 기본, 둘째는 경험이었다.

그는 선조 박경덕에게 음덕으로 천둔갑을 얻은 이래로 적의 초식을 흉내 내다 고평환에게 받은 일기통천록으로 제대로 된 초식을 알게 됐다.

그 후 만해로부터 만상궤를 얻어 송면 형제에게 만상6절을 배우고 있지만 기본기와는 멀었다.

또 시도 때도 없이 이철로 등과 손을 섞고 있으나 목숨이 오가는 정도가 아니니 경험이 일천했다.

그것을 원화를 만나며 해소가 됐다.

물론 마계 에블리스의 기억에 헤아릴 수 없는 전투 경험이 축적되어 있었지만, 몸을 부려 근육에 새기는 것과는 또 달랐다.

그럼에도 약간의 조바심이 나는 데에는 다 이유가 있었다.

중국과 인도 간 맥마흔 라인 전투에서 서문보군이 보여 준 능력과 그를 제압한 미지의 인물 때문이었다.

당사록의 말을 들었을 때 그 당시에도 화경의 끝자락에 이르는 실력자였다. 40년 세월이 흐른 지금 그의 능력은 어떨지 가늠하기조차 어려웠다.

그렇다고 마왕 에블리스의 권능을 쓰려고 해도 카르마가 턱없이 부족했다.

또 우려되는 것이 카르마를 자주 쓰다 보면 그 자체에 잠식이 되지 않을까 하는 점이었다.

그는 지구에서도 그런 경우를 보았다.

형사들이 살인 같은 강력 사건이란 괴물을 쫓다가 주변을 잃는 경우를 종종 봐 왔다. 가정도 친구도 잃고 괴물에 미쳐 가는 형사가 종종 있었다.

　그러다 돌아보면 피폐해진 인생만 남아 있었다.

　그런 형사들이 제자리를 찾으려 해도, 괴물은 항상 옆자리를 지키고 서 있다. 그러기에 퇴직하는 그 순간까지 괴물과 같이 가는 선배 형사가 몇이 됐다.

　그런 형사치고 노년은 끔찍했다.

　각설하고, 그의 상념은 현실로 돌아왔다. 앞으로 보름 남은 중국 세미나 겸 여행이다.

　그 시작과 함께 절도와 납치 사건에 엮여 제대로 된 세미나와 관광이 흐지부지되어 버렸고, 그나마 사건 자체도 시간에 쫓겨 끝을 맺지 못할 상황이었다.

　그렇다고 귀국을 하자나 뒤가 찜찜했다.

　이럴 때는 답이 하나였다. 아쉬운 놈이 우물을 판다고, 손발 걷어붙이고 대차게 나가는 수밖에.

　그는 밤이 빨리 지나가길 기다렸다.

중국의 끝 서장으로

날이 밝기 무섭게 상욱은 당사륵을 찾아갔다.

내원 별채에 머무는 당사륵의 숙소는 상욱의 거처에 비하면 큰 차이가 났다.

손님의 장수를 기원하는 붉은 칠로 도배한 고택으로 겉모습만으로도 화려해 보였지만, 빗장이 채워지고 당문 사람들이 여섯 명이나 출입구를 틀어막고 서 있었다.

"무슨 일이오?"

상욱은 뜻밖에도 당문 사람들에게 제지를 당했다. 그들 중 턱선이 뾰족하고 입술이 가는 40대 후반의 사내가 나섰다.

"저는 소림의 각자 배 각화대사와 같이 온 박상욱이라 합니다."

"그래서 어쩐다고?"

중년인은 사뭇 시비조로 퉁명스럽게 말했다.

"당 가주를 만나 뵙고 싶습니다만."

"가주께선 당신과 만날 이유가 없어 보이는데."

"어제 세검장 회의장에서 당 가주의 여러 말씀을 들었습니다. 그중 한 가지 묻고자 하는 바가 있어 찾아왔습니다만."

"입 아프게 같은 말을 똑같이 하게 해, 당신에게 일 없다고."

중년인의 말은 거칠기까지 했다.

"흠."

'시험이군.'

상욱은 눈살을 찌푸렸다.

소림을 들먹였는데도 문전박대를 할 정도면 미리 그에 대해 특별한 지시가 있었다는 뜻이다. 이대로 물러나자니 살짝 빈정이 상했다. 그렇다고 굳이 자존심까지 굽힐 이유도 없었다.

소림에서 원화대사에게 받은 부탁이라야 각원의 신병 확보였다.

따지고 보면 그에게 당 문주의 안위는 딴 나라 일이었다.

"나에 대해서 따로 통보를 받은 모양입니다. 대화를 하기 싫다는데 아쉬울 일이 뭐 있겠습니까? 단지 이 말을 당 가주에게 전해 주십시오. 병풍 뒤에서는 아무것도 할 수 없다고 말입니다. 그럼."

상욱은 턱 끝을 살짝 내려 예를 표하고 돌아섰다.

"잠깐."

당사판은 상욱을 불러 세웠다.

그는 오늘 새벽 회의가 끝나자 가형 당사륵의 부름을 받았다. 그 자리에서 상욱의 용모를 일러 주며 혹여 방문하면 살짝 떠보라는 언질이 있었다.

막내인 그에게 가형은 아버지와 같은 존재였다.

그래서 그는 상욱에게 도를 넘어서는 경계에서 도발을 했다. 그러자 젊은 놈이 그대로 물러난다고 한다.

그런데 당가를 상대로 아쉬움을 운운하고 당 가주를 병풍 뒤에 숨은 쥐새끼 정도로 취급하자 화가 태산만큼 치밀어 올랐다.

"뭡니까?"

상욱이 돌아섰다.

"사과해."

"제가 뭘 사과해야 합니까?"

당사판의 말에 상욱이 굳은 얼굴로 물었다.

"감히 당가를 대상으로 아쉬울 일 운운한 것, 당 가주가 숨는다는 그 말을 말이다."

"픗."

상욱의 입에서 실소가 나왔다.

이것에 당사판은 화가 바짝 올랐다.

"이자가."

그는 주먹을 꽉 쥐었다. 그의 눈에 상욱은 머리가 제법 좋고 덩치만 큰 어린애에 불과했다.

밋밋한 관자놀이와 허한 기세는 무림과는 무관한 일반인의 특징을 여실히 보여 줬다.

그러나 사람은 각자 생각이 다른 법.

"한국 사람인 내가 당가에 아쉬울 일이 뭐가 있겠습니까? 뭐 받아들이는 쪽에서 기분이 나빴다면 사과하죠. 못 할 것도 없으니."

상욱은 중국식 사과로 포권을 하며 허리를 굽혔다. 그 후 할 말을 보탰다.

"하지만 병풍 뒤에서는 아무것도 할 수 없다는 말은 다른 뜻이니 제가 사과할 필요까지는. 그럼."

상욱은 그대로 돌아섰다.

"흥, 이대로 가겠다고?"

당사판은 화를 억누르지 못하고 급기야 손을 썼다. 상욱의 어깨를 짚어 가는 왼손이 붉은빛을 띠었다.

그의 별호 적련추혼赤煉追魂이 말해 주듯 적련수를 펼쳤다. 잡히면 쇄골이 부러질 강도였다.

이는 일반인이라 생각한 상욱에게 과한 손 속이었다.

탁.

그러나 뒤도 돌아보지 않은 상욱이 왼손을 올려 쳐 냈다.

"네놈, 무공이 있구나."

당사판은 상욱이 그를 속였다고 여겼다.

한걸음에 상욱과 거리를 좁히고 오른손을 독수리의 발톱처럼 펴고 상욱의 뒷목을 낚아챘다.

"애들처럼 여기서 주먹질을 하자는 거요?"

제자리에 멈춘 상욱이 돌아서서 말하는데 시간이 절묘했다.

당사판의 손이 상욱이 돌아선 허공을 움켜쥐었다.

"쳇, 운이 좋은 놈이군."

당사판은 상욱의 말을 귀에 담지 않고 공력을 일으켰다. 그는 그만큼 상욱을 얕잡아 봤다.

그러며 짧은 거리를 유지하며 양손 오금을 축으로 상욱의 얼굴을 때려 시야를 가리고 멱살과 양어깨의 옷깃을 잡아갔다.

이 당가의 풍접금나風蝶擒拏는 암기 회수를 목적으로 만들어진 금나술이라 빠르며 정확했다. 단점이라면 암기를 회수하지 못하면 제 무기에 다치기 때문에 후속수가 없다는 것이다.

그만큼 단호하다는 뜻이기도 했다.

탁. 탁. 탁.

상욱은 특별한 초식도 없이 오른 손바닥과 손등으로 당사판의 손을 쳐 냈다.

이제야 당사판은 상욱이 예사롭지 않다고 느끼고는 공력을 크게 끌어 올렸다.

같은 풍접금나술이지만 위력이 크게 변했다.

당가의 내공도인술 삼양극양공三養極陽功은 영靈과 정精 그리고 신身을 이루는 삼양을 기반으로 하는 심법이다.

따라서 내공 운용이 교묘해질수록 암기의 수발 능력이 올라간다. 이런 이유로 독문내공이 발전하면 풍접금나수의 묘용이 다변화한다.

물론 당연히 내공의 깨달음이 수반한다.

그래서 똑같이 상욱의 상체와 소매를 잡으려는 손이지만 더 현란해졌다. 마치 백 개의 손이 상욱에게 쏟아지는 형국이었다.

"흥."

상욱은 콧방귀를 뀌었다. 변화는 짜증을 동반했고 귀찮은 일로 이어졌다.

쿵.

여전히 몸의 움직임이 없던 상욱이 진각을 밟으며, 움직이던 오른손을 그대로 크게 내질렀다.

우-웅.

준비 동작 없이 강기에 비견될 붉은 권기가 훅 일어났다. 이것이 당사판의 공격을 수수깡처럼 바스러트렸다.

두 개의
심장을
가진 자

"흑."

당사판은 엄두가 나지 않는 힘이 얼굴로 다가오자 눈을 질끈 감으며 절로 경악성을 터트렸다. 이어서 몸이 붕 떴다.

펑.

얼굴에 통증이 와야 하는데 등이 결렸다.

"사숙, 사숙."

그 옆으로 사질들이 부르는 소리가 들렸다.

촌각의 일이라 당사판은 벌떡 일어나 몸을 챙겼는데 멀쩡했다.

"어–."

당사판이 고개를 좌우로 돌려 손을 섞은 상욱을 찾았으나 별채 앞은 휑했다.

"어, 어찌 된 일이냐?"

그가 사질들에게 물었으나 다들 고개를 흔들었다.

스으윽.

그때 별채 좌측 창이 열렸다.

"어쩌긴요. 그가 풍접금나를 한주먹에 깨더니 숙부의 오른손을 잡아 가슴에 밀어붙이고 밀었는데 풍선처럼 날아가던데요."

창으로 고개를 내민 여자가 상욱이 했던 반격을 그대로 말했다.

그 말에 당사판이 고개를 돌려 제자들에게 사실을 확인했다. 그러자 그들이 머리를 위아래로 흔들었다.

탁.

굳게 잠겼던 별채 문이 열리며 창문을 열었던 여자가 나왔
다.

검은 나시 티에 스키니 진에 가까운 검은 추리닝을 입은
그녀는 남자의 눈을 두기 힘들게 만드는 글래머였고, 동시에
입이 딱 벌어질 정도로 청순미가 넘쳤다.

특히나 중국 여자들의 안 좋은 치아와 달리 고른 치열은
미인도에나 나옴 직한 미모를 보여 줬다.

"그런데 방금 그 사람 누구예요?"

그녀는 당사판의 몸 상태는 묻지도 않고 질문을 먼저 던졌
다.

"박상욱."

몸을 일으킨 당사판이 얼떨결에 대답했다.

"어머, 그가 아버지가 말한 박상욱이 맞아요? 외국인은 볼
일 없다고 했는데."

여자는 양손을 뺨에 대고는 팔짝 뛰었다. 그러더니 빠른
걸음으로 별채 밖으로 뛰어나갔다.

내심 어이가 없는 상황에 상욱은 숙소로 발걸음을 옮겼다.
그 딴에는 도움을 주려고 갔는데 사람 간을 보니 기분이 좋
지가 않았다.

모양새로 보아 당사특이 그를 시험하라고 언질을 준 것이 틀림없다. 그래도 정도가 있는 법.

아랫사람이 죽기 살기로 덤비자 정나미가 뚝 떨어져 버렸다.

"저기요, 저기요!"

멀리서 발소리가 들리더니 뒤에서 부르는 소리가 들렸다.

상욱은 반사적으로 돌아서서 멈췄다. 50미터 밖에서 여자가 경공을 펼쳐 유려한 동작으로 그 앞에 내려섰다. 그러더니 다짜고짜 핀잔을 줬다.

"무슨 걸음이 그렇게 빨라요?"

"누구신지?"

"앗, 미안해요. 제 이름은 당당이에요."

불쑥 내민 여자 손에 상욱이 살짝 엉거주춤하더니 악수를 하며 말했다.

"한국에서 온 박상욱이라고 합니다."

"제 성에서 알겠지만 저는 당가의 여식이에요."

"아, 네, 그럼."

그런데 상욱은 건성으로 대답하며 돌아섰다.

"이봐요, 너무한 것 아니에요? 그래도 숙녀가 먼저 인사를 청했는데."

당당이 상욱의 앞을 가로막았다.

"당문하고는 이야기가 끝났소."

"저는 안 끝났거든요."

상욱에게 당당이 웃으며 얼굴을 들이밀었다.

"후-우, 좋소. 하려는 말을 듣겠소."

상욱은 결국 멈춰 섰다.

"그럼 저쪽으로 가요."

당당의 손끝을 따라 상욱의 시선이 움직였다. 그 끝에 가문비나무 아래 의자가 놓여 있었다.

"갑시다."

상욱이 먼저 그곳으로 발걸음을 옮겼다.

"병풍 뒤에 숨어서는 아무것도 못 한다고 했죠?"

두 사람이 의자에 앉기 무섭게 당당이 먼저 물어왔다.

"그렇소."

"아버지가 움직여야 한다는 뜻 맞죠? 참, 당 사 자 룩 자를 쓰시는 분이 제 아버지예요."

"맞소. 당신 아버지가 옛 동료의 목숨을 생각한다면 말이오."

"당신은 납치된 분들이 아직 살아 있다고 보세요?"

"내 직업은 형사요. 피해자의 생명에 일말의 희망이 있다면 모든 것을 걸어야 하오."

"형사? 당신 같은 사람이 그런 일을 하나요?"

"처음 보는 남자에게 항상 그렇게 말하오?"

상욱은 어이없는 시선을 당당에게 주었다.

"아, 제가 실례했네요."

당당이 웃으며 혀를 쏙 내밀었다. 그리고 다시 말했다.

"숙부를 한 수에 넘어트릴 정도라면 한국에서…… 그으, 쟁천! 쟁천에서 이름이 있으실 텐데. 암튼 미안해요, 헤헤."

곧바로 사과하며 웃는 당당의 모습에 상욱은 잠시 기분이 좋았다. 살면서 이처럼 밝은 여자는 처음이었다.

새삼스러워 그녀를 보니 보이지 않던 것이 보였다.

처음 봤을 때 그녀는 큰 눈에 시원한 이마와 오뚝한 코 그리고 붉은 입술을 지니고 있어 동양계 같지 않은 이국미를 풍겼다.

하지만 요즘은 대중매체를 통해 워낙 많은 미녀들이 등장해 그런 여자 연예인 같은 하나 정도로 치부했을 뿐이었다.

그런데 짧은 대화를 나누며 보이는 양 볼에 깊은 보조개는 주변을 밝게 하는 건강미로 변해 사방에 뿌려졌다.

게다가 이런 미인들은 처음 보는 남자에게 실수를 하면 자존심을 내세워 샐쭉한 표정만으로 넘어가곤 하는데 그녀는 곧바로 잘못을 인정했다.

이성과는 다른 호감도가 상승했다.

상욱은 뭐 이런 의미 없는 생각으로 잠시 당당을 물끄러미 쳐다봤다.

"어머, 저에게 갑자기 관심이 생겼어요?"

당당은 상욱이 그녀를 빤히 보자 화사하게 웃으며 농담을 던졌다.

"내 입으로 이런 말하기 그렇지만 제가 좀 동안입니다. 거짓말 좀 보태 질풍노도의 시기에 일을 저질렀으면 아가씨 같은 딸이 있어요."

"에? 설마 유부남은 아니시죠?"

"아직은 호적(중국도 호적제를 시행함. 작가 註) 아래 칸이 횡합니다."

"그럼 됐네요. 사람 사귀는 데 나이가 대수인가요? 그리고 그쪽이 동안이면 저는 막강 동안이거든요, 호호호."

약간의 푼수 끼마저 보이는 당당인데 상욱은 이것도 싫지 않았다. 다만 어이없을 뿐.

"말을 못 하시네, 호호. 어떻게, 당문에 대한 선입견이 좀 풀렸나요? 지금까지는 농담이고 본론으로 들어갈게요."

당당은 상욱을 들었다가 놨다.

"끊겼던 말 계속하죠. 당 문주는 어디에 있든 서문혜를 신경 쓰지 않으면 안 될 처지에 놓인 것을 아십니까?"

"그 말귀를 이해 못하겠네요."

당당은 회의에 참석하지 않았다, 아니 못했다.

그녀가 여기 세검장에 온 자체가 우연이었기 때문이다.

미국 하버드 의대에서 의학을 전공하는 그녀는 방학을 맞아 귀국해 본가로 가는 길이었다.

그 길목에 아버지가 세검장에 있다는 소식에 어제 오전에야 도착했다.

"그대 아버지를 누가 노리는지 알고는 있소?"

눈치가 빠른 상욱이다.

"대충은요. 서문혜라는 여자고 서장 천산파의 서문보군이라는 자의 딸. 뭐 이정도요."

"핵심은 다 알고 있군. 오늘 회의가 끝나고 난 곰곰이 앞뒤를 재 보았소. 결론은 이번 납치 사건은 위지대부인 서문혜라는 여자 혼자서는 절대 꾸밀 수 없다는 것이오."

"저희 당가도 그 정도는 예상하고 있어요."

"그럼 이것은 생각해 봤소. 그들이 당가보다 더 큰 세력이라면, 그도 아니라 3분의 2 수준인 세력을 서문혜가 가지고 있다면?"

상욱의 말에 당당의 얼굴이 급격히 딱딱해졌다.

"이곳만큼 위험한 곳이 없군요."

"그렇소. 여기는 섬이고 출입구는 딱 한 곳이오."

"물길을 잡는 그 다리 말이죠."

"세검장에 소림, 무당, 당가 세 곳의 전력이 더해졌다 해도 각 문파와 가문의 정예가 아니라는 점을 상기해야 하오."

"우리는 밝은 곳에 있고 적은 어두운 곳에 있다 이 말이네요."

당당의 말에 상욱은 고개를 끄덕였다.

"그리고 서문혜 그 여자는 아버지를 언제든지 공격할 수 있으니 당가는 계속 신경이 날카로운 상태고요. 그럼 이 상황을 벗어날 계획은 있나요?"

"말하지 않았소, 병풍 뒤에 숨어 있어서는 안 된다고."

"아버지가 세검장 밖으로 나간다 치더라도 뾰족한 수가 있나요?"

"나라면 서문혜의 근거지부터 뒤지겠소. 서장에 가 천산파를 뒤지고 관련된 자들을 찾아내 협조를 구하겠소."

"그게 전부인가요?"

"베이징 공안청이 절도 사건과 관련해 위지대부인을 쫓고 있소. 나라면 서장 공안청장이라도 구워삶겠소."

"사냥개를 푼다…… 아, 죄송해요. 그쪽도 공안 비슷한 일을 하는데."

"괜찮소, 난 중국 공안이 아니니."

"그럼 한 가지 더 자문을 해도 될까요?"

"말하시오."

"이 전력으로 적진이나 마찬가지인 서장에서 설령 적을 찾아내거나 공격을 받았다고 쳐요. 그다음에는 답이 없네요."

당당의 말에 상욱이 사람 좋은 웃음을 지었다. 허점이 있는 대안을 내놓았으니 따져 물을 텐데, 이 여자는 그의 기분까지 배려해 자문을 구한다고 한다.

'괜찮은 여자네.'

상욱에게 당당은 '호감 가는'에서 '괜찮은'으로 바뀌었다.

두개의
심장을
가진자

"살면서 자유롭게 마음을 부릴 수 있는 사람이나 단체가 몇이나 있겠소? 그나마 비빌 언덕이 있으면 좀 낫지 않을까 싶소."

"그렇군요. 답을 줘서 고마워요. 하지만 그대의 답에 숨은 뜻은 찾아봐야겠지만 대충은 알겠네요. 아무튼 말씀 거듭 감사해요."

"별말을."

상욱은 답하며 그녀에게 '머리까지 좋은'이란 단어를 추가했다.

"그런데 스마트폰 있나요?"

"요즘 폰 없는 사람이 어디 있소. 중국이라 현재 로밍을 하고 있소."

"줘 봐요, 오라버니."

당당이 호칭을 제멋대로 붙이더니 막무가내로 상의 호주머니에서 휴대폰을 꺼냈다.

그녀는 다시 상욱에게 휴대폰을 건네고 비밀번호를 풀라고 하고는 제 것인 양 받았다. 그리고 폰을 한참 만지더니 환하게 웃으며 폰을 돌려줬다.

"중국 휴대폰보다 기능이 훨씬 간단하네요. 어플 하나 깔고 제 전화번호 입력했어요. 중국과 한국 국제통화 어플로 무료예요. 닌하오라고."

"한국말을 할 줄 아시오?"

"저 별에서 온 그대 팬이었어요. 그때 개인적으로 좋아해 공부 좀 했어요."

"드라마가 국위선양을 다 하네."

상욱이 중얼거렸다.

"전할 말이 있을 때 그 어플로 전화할게요."

당당은 상욱의 투덜거림을 무시하고 주먹을 쥔 상태에서 엄지와 새끼손가락을 펴 손목을 흔들었다.

"알았소, 그럼."

할 말이 끝나자 상욱은 곧장 일어났다.

"유익한 시간이었어요."

당당도 따라 일어나며 꾸벅 인사를 했다. 마주 인사를 한 상욱은 돌아서서 숙소로 향했다.

우ー웅. 우ー웅.

몇 걸음 걷지 않은 상욱의 핸드폰 액정에 진동과 함께 처음 보는 전화 형태의 어플이 떴다.

그는 뒤돌아서며 액정과 당당을 번갈아 봤다.

"제 번호예요. 다음에는 10초 내로 받아요. 안 그러면 받을 때까지 쫓아다닐 거니까."

당당이 웃으며 상욱에게 윙크를 날리고는 성큼성큼 큰 걸음으로 멀어져 갔다.

"허."

상욱은 그런 당당이 당황스럽게 다가왔다.

잠시 멈춰 서서 그녀를 어떻게 대해야 할지 멈칫하는 사이
별채 안으로 사라져 버렸다.

"허허."

당당을 보던 상욱의 입에서 헛웃음만 나왔다.

넓은 대청에 놓인 의자에 당사륵은 당사판을 앞에 세워 놓
고 이야기 중이었다.

"후─우, 창피를 당했다고 들었다."

당사륵은 바로 손아래 동생 당사명의 말을 떠올리자 한숨
만 나왔다.

"방심했을 뿐입니다."

"사명이와 제자들의 말은 다르더구나."

"사명 형님요?"

"세검장의 장주 동생 이태후를 만나고 돌아오는 길에 멀리
서 보니 너와 박상욱이 시비가 붙었다더구나. 한 수에 아주
훨훨 날았다던데."

"무공을 모르는 놈인 줄 알았습니다."

당사판이 고개를 숙였다.

"내가 그를 적당히 떠보라고 했더니 아주 작정을 하고 손
을 써?"

"그놈이 당문을 무시하기에."

"그렇다면 코를 눌러 줘야 할 것 아니냐?"

"저 그렇게 무른 놈 아닙니다."

탁.

"숙부의 말씀이 맞아요."

당당이 들어오며 말했다. 그녀는 상욱과 헤어진 그길로 아버지를 찾아갔다.

"그런 무공을? 똑똑하지만 평범해 보였거늘."

당사륵의 눈이 커졌다.

"그를 쫓아가더니 만났던 게냐?"

당사판이 이때다 싶어 말을 돌렸다.

"네, 만났어요. 재미있는 말을 하더군요."

"뭐라 하더냐?"

당사륵이 흥미로운 표정으로 물었다.

어제 저녁부터 새벽까지 이어진 회의에서 그를 난제에서 꺼내는 재치를 상욱이 보였다. 그런 상욱의 말이라 일말 기대를 했다

"아버님에게 병풍 뒤에서 아무것도 할 수 없다고 했습니다."

당당은 말을 해 놓고 당사륵의 눈치를 살폈다.

"건방진 말이기는 하지만 틀린 말도 아니군."

"형님!"

당사판이 불만 가득한 어투로 말했다.

"그만. 비 맞은 새는 깃털을 가다듬기 마련이다. 그러나

추위를 떨치려고 깃만 고르다 보면 먹이들은 숨어 버리지. 그렇지 않아도 먹이를 찾아 서장으로 가야 하나 했다."

"아버지, 대책은 세우셨나요?"

당당이 나섰다.

"당문의 문주가 있는 곳이 곧 당문이다."

"그가, 그러니까 방금 전에 만났던 박상욱이란 사람요."

"그가 왜?"

당사륵은 딸이 계속 상욱을 언급하자 눈이 가늘어졌다. 그가 아는 당당은 남자의 말에 의지하는 아이가 아니었다.

"비빌 언덕을 찾으라 했어요."

"호오, 재미있는 대책이구나."

딸의 말에 당사륵은 한동안 침묵을 지키다가 그 의미를 헤아리고는 입을 열었다.

"뜻을 헤아리셨습니까?"

"너는 어떠하냐?"

"답은 포달랍궁에 있지 않나요?"

"쯔쯔쯧, 안타깝다. 네가 아들로 태어났어야했는데."

당사륵이 당당을 보며 혀를 찼다.

다음 날.

소림, 무당, 청성과 당문 이 4대 문파의 수뇌부는 어제 회동을 가졌다. 그리고 아침이 되자 상욱은 각화의 방문을 받앉다.

"시주, 부탁이 있어 왔네."

각화는 자리에 앉으며 난처한 표정으로 말문을 열었다.

"저에게 말입니까?"

상욱은 각화가 할 말을 대충은 알고 있었지만 시치미를 뗐다. 당당과 나눈 대화가 당사륵에게 제대로 전해졌다면 특단의 조치를 취했으리라.

아니나 다를까 각화는 당사륵이 내놓은 작전이 그의 작품인지 모르고 설명을 했다.

"어제 당 문주가 다른 세 문파의 책임자를 초대했네. 그가 세검장을 떠나 서장으로 갈 원정대를 꾸리자고 하네."

"동의하셨습니까?"

"그게 내 의지로 될 일인가? 장문인과 전화 통화를 했네. 옆에 사조가 계셨는지 시주를 필히 데려라 하셨다는데, 동행할 의사가 있는가?"

"제가 원화대사님에게 받은 것이 있는데 그분 말을 무시하겠습니까. 당연히 가야죠. 하지만 성도로 한국 경찰청 일행이 4일 후에 오니 그들과 일단 합류해야 합니다. 제가 처리해야 할 일이 있으니 서장에 가 계시면 일주일 후에 서장에서 합류하겠습니다."

"일주일이라……."

각화는 잠시 고민에 빠졌다.

두 개의
심장을
가진 자

"여차하면 제가 성두에서 바로 날아가겠습니다."

상욱이 덧붙여 말했다.

"당사자가 그렇다는데 강요할 수 없는 일이겠지. 우선 세 검장 제자 한 명을 붙여 줄 테니 그를 통해서 연락을 취하도록 하세."

말하는 각화의 내심은 복잡했다.

사조 원화가 이 젊은이를 끼고도는 이유를 알 수가 없었다.

물론 상욱을 따라다니는 네 명의 괴인들은 지금 상황에서는 떠받들고 다닐 만했다.

각 파의 장로에 해당하는 절정 고수 네 명이 흔한 자원은 아니다.

오히려 지금 시점에서는 보따리를 싸 들고 다니며 모셔야 할 처지였다.

그래도 사조로부터 신뢰를 받지 못하는 것과 외국인에게까지 의존해야 하는 것에 일말의 자괴감이 들었다.

그가 이런 고민에 빠져 있는데 상욱의 휴대폰이 울렸다.

따르르릉.

상욱은 액정을 보더니 일어서며 각화에게 양해를 구했다.

"더 하실 말씀이 없으시면 저는 자리에서 일어나야겠습니다."

"아닐세, 할 말이 끝났으니 일정은 그때그때 전화로 조율

하세."

각화는 상욱의 인사를 받으며 나갔다.

"여보세요?"

상욱이 전화를 받자 건너편에서 나긋나긋한 목소리가 들렸다.

—저 당당이에요.

"늦게 받아서 미안하오."

—호호, 바쁘면 못 받을 수 있죠. 안 받으면 제가 찾아가려고 했어요.

상욱은 잠시 당황했다.

"여자가 너무 적극적이어도 매력 없소."

—어머, 저 챙겨 주는 거예요?

"전화한 용건이 뭐요?"

—바로 실드 치시네. 원정대를 꾸리는 이야기 들으셨죠?

"각화대사가 오셨소. 그분을 통해서 들었소."

—동참하실 건가요?

"일정을 봐서 며칠 후에나 서장으로 출발할 예정이오."

—그래요.

당당의 목소리에 힘이 빠졌다.

"나라에 매인 몸이라 중국에서 할 일이 있소."

—각자 바쁘네요. 저도 방학이 끝나면 미국으로 돌아가야 하거든요.

"그렇소?"

두 사람은 아직 서로를 몰랐고 감정도 나쁘지 않았다. 오히려 첫인상에서 호감을 느꼈다.

—오늘 저녁에 시간이 어때요? 물어볼 말들도 있고.

"특별한 일정은 없소만……."

상욱은 말끝을 흐렸다.

분위기가 어수선한 판국에 남녀 둘이 세검장을 빠져나가
면 뒷말이 나올 것 같았다.

—뭘 두려워해요.

"하기는."

그가 중국에서 남 눈치 볼 일이 뭐가 있겠는가.

—6시쯤 제가 데리러 갈게요.

"내가 마중 나가겠소. 어제 대화를 나눈 곳에서 봅시다."

약속을 정한 상욱은 전화를 끊었다.

옆에서 덕치는 궁금하다는 표정이었다. 휴대폰에서 들려
오는 여자 목소리가 분명한데 중국 말이라 입이 근질거렸다.

"당문에서 제 일정이 궁금한가 봅니다."

"이거 젊은 사숙 따라 중국 괜히 왔당께. 오살나게 심심하
기만 허구."

덕치는 투덜거렸고 옆에서 이철로와 송면 형제도 그런 눈
치다.

"곧 재미난 일이 있을 겁니다. 무림인들이 거칠게 부딪칠
겁니다."

뜬금없는 상욱의 말에 다들 귀를 세웠다.

중국에 와 무림 인사들을 봤지만 비무를 한다거나 절기를 구경할 기회가 없었다.

절정의 끝에 서 있는 그들이었지만 이국의 무공에 대한 호기심은 접을 수 없는 모양이었다. 그들은 천생 무인이었다.

"다들 아시다시피 서문혜라는 여자가 당 문주를 목표로 하고 있습니다."

"그래서 충돌이 일어난다?"

"네. 당문에서 세 파를 이끌고 서장으로 갑니다. 서문혜의 태생인 천산파를 찾아간다는데 당장은 아마 별 소득이 없을 겁니다."

"한쪽이 피하는데 싸움이 일어나겠는가?"

이철로는 상욱의 곁에서 서문혜가 일으킨 납치 사건의 전말을 듣고 일행에게 전달까지 했으니 상욱만큼이나 꿰고 있었다.

"그러나 반드시 일주일 안에 사단이 벌어져도 크게 벌어집니다. 당사륵이 세검장이나 당가에 웅크리고 있으면 모를까 서문혜는 오래 참지 못할 겁니다."

"뭔가? 우리에게 자네가 말했지 않나. 당사륵에게 병풍 뒤에서는 아무것도 못한다고 말해 서장으로 들어가게 할 거라고. 그 말대로 서장으로 가는 원정대가 꾸려졌는데, 당사륵을 함정에 밀어 넣는 결과가 아닌가?"

"일문을, 그것도 당문을 책임지는 당사륵이 그걸 몰라서

두 개의
심장을
가진 자

서장으로 가겠습니까? 뻔히 알면서 갑니다. 그만한 자신감이 있으니까 스스로 미끼를 자처하고 나선 것이죠. 그리고 저희 중국 일정이 이제 열흘하고 3일 더 남았습니다. 그 전에 결과를 보고 싶고요."

"하하하, 이제야 젊은 사숙답네. 요즘 짱깨 놈들에게 고분고분하더니, 속셈이 있었당께."

덕치는 웃음을 터트렸다.

그는 원주에서 가승희 때문에 상욱과 싸우며 악착스러운 심성을 봤다. 또한 그동안 송면 형제에게 만상육절을 수습하는 과정에서 보인 인내심과 이철로와 비무를 하며 보인 뒤끝을 미루어 짐작하건대 젊은 사숙은 만만한 성격이 아니었다. 이제야 중국 여행이 재미있어져 갔다.

그 역시 중답지 않게 사악함이 만만치 않았지만.

카드득. 카드득.

상욱은 동전 네 개를 오른손 새끼손가락에 받치고 엄지와 검지로 동전 하나를 굴려 소리를 냈다. 그러다 동전을 튕겨 허공에 띄우고 새끼손가락에 받치고 있던 동전들을 연이어 던지고 받기를 거듭했다.

애들처럼 저글링을 계속하는데 처음 던진 동전은 떨어지

지 않고 허공에 둥둥 떠 있어 장난이 아닌 것만은 분명했다.

따라락.

"이거 생각만큼 쉽지 않네."

상욱은 손으로 동전을 잡아채며 중얼거렸다.

오늘 아침 운기조식을 하며 삼화취정과 일화도추의 경지를 오가다 육신이 가벼워져 부공삼매浮空三昧를 했다.

평소에도 운기조식 중에 자연스럽게 이뤄지는 현상인데 외부에 나와 기감에 신경을 써 마음을 안팎으로 경계하다 보니 부공의 감각을 확실히 인지했다.

그 느낌을 추스르는 과정에서 깨알 같은 깨달음이 왔다.

내 몸이 의지를 두지 않고도 허공을 유영하는 경지인데 다른 물건을 의지와 내공 아래 두지 못할 이유가 없었다.

허공섭물의 이치인 이기理氣를 기반으로 휴대폰 정도야 테이블을 격하고 들었으니 어검御劍 정도야 숙련의 차이거니 했다.

그래서 동전을 갖고 저글링을 하며 동전 하나하나에 이기의 이치를 담았지만 통제가 되질 않았다.

두 개를 넘게 허공에 띄우자 나머지가 각자 놀았다.

아침에 시험 삼아 만상검을 들고 펼친 어검술은 검을 10미터 반경 안에서 놀렸지만 동전의 미세한 의지와 내공의 조절은 다른 문제였다.

그렇게 당문이 머물고 있는 숙소가 보이는 가문비나무 아래에서 그는 당당을 기다렸다.

10분이 지날 즘 숙소 문이 열리고 당당이 나왔다.

어제와 달리 짙은 화장을 하고 나왔다. 맨 얼굴에 청초했던 분위기는 사라지고 반짝이는 흑요석 같은 당당이 상욱 앞에 섰다.

검은 담비 모피 코트와 모자는 요기를 더했고 딱 달라붙은 검은색 가죽 바지는 요사를 뿌렸다.

"참 팔색조 같은 여자네."

상욱은 당당을 보며 놀라 중얼거렸다.

"네? 뭐라고 그러셨어요?"

"사내들 가슴이 혹해 무너질 정도로 예쁘다고 했소."

"호호, 그런 농담도 할 줄 아세요?"

"내가 다른 사람에게 농담을 해 본 지가 언제인지 기억이 나지 않소."

"그 거짓말이 진짜길 바라요. 특히나 여자들에게요."

"돈이 나오는 것도 아닌데 거짓말을 할 이유가 있겠소. 점심을 가볍게 먹었더니 배가 고프오."

"저녁은 구시가지에 제가 아는 식당으로 가요. 음식에 알레르기나 가리는 음식이 있어요?"

"없어서 못 먹는 사람이오."

"그럼 가요."

당당이 그의 옆에 섰다. 어색한 얼굴로 상욱이 당당에게 끌려갔다.

두 사람은 세검장 입구 주차장에 도착했다.

사천을 대표하는 당문의 딸답지 않게 당당의 차는 소형차였다. 비록 미니쿠퍼가 외제차였지만 당가의 위상으로 봤을 때 검소한 편이었다.

두강언을 빠져나온 차가 20여 분을 달려 도착한 곳은 금리 錦里 거리였다.

제갈공명을 기리는 무후사武侯祠를 지척에 두고 거리 위를 홍등으로 도배해 불야성을 이뤘다.

그 아래 노점 행렬은 끝이 보이지 않았다.

"길거리 음식 괜찮죠?"

당당은 상욱의 왼팔에 팔짱을 끼고 매미처럼 달라붙었다.

"음식은 가리지 않소만, 당 문주께서는 딸이 이렇게 외간 남자에게 매달리는 것을 알고 있소?"

상욱은 당당이 너무 적극적으로 나오자 거북해졌다.

"외간 남자가 누구냐에 따라 다르겠죠. 아버지도 상욱 씨라면 싫어하지 않을걸요."

혀를 쏙 내민 당당이다. 그리고 계속 말을 이어 갔다.

"저 이래 봬도 나름 인정받는 사람이거든요. 하버드 의전원 2학년. 정상적인 코스를 밟고 있다고요."

"와우, 하버드. 자부심을 가질 만하군. 그래도 나이는 어쩔 수 없는데. 여덟 살이나 차이가 난다고."

상욱이 말을 놓았다.

"어머, 진짜 서른네 살 맞아요? 난 저보다 많아야 네 살이라 봤는데. 진짜 동안이네."

"그보다 미국에서 오래 살았나 봐? 보통 주립대 의전원(의료전문대학원)에 지원 조건이 영주권과 4년 학사 자격이지 않나?"

"엄마가 미국 시민권자예요. 그리고 학사 과정은 베이징대에서 중의학을 수료했어요."

"쩝, 나랑은 비교가 되지 않는 엘리트군. 배움의 끈이 짧아서 말이지."

"뭐 그렇지도 않은데요. 소문을 들어 보니 베이징에서도 큰 활약을 하셨더군요. 그리고 이번 사건만 해도 아버지를 설득할 대안을 내놓았고요. 당장 보여 준 능력만으로도 충분히 매력적인데요."

"너무 좋게만 보는군."

"저 능력 있는 사람 좋아해요."

당당은 반짝이는 두 눈으로 상욱을 올려다봤다.

그 눈빛 안에는 욕망이 가득 찼다. 본래 어려서부터 문중 사람들의 귀여움을 독차지했던 그녀는 어려움을 모르고 자랐다.

그러나 곧 세상이 만만치 않다는 것을 알았다. 나이를 먹을수록 하기 싫은 일을 해야 하고, 하고 싶은 일을 못 하게 됐다.

그럴수록 기를 쓰면서 원하는 것을 찾아갔다. 어느 순간부터 그녀는 욕망의 화신이었다.

하버드 의전원에서 공부한 이유도 당문의 독공을 뛰어넘고 싶은 욕망에서 출발했다.

그래서 당당에게 남편은 그만한 자격이 되는 사람이어야 했다. 진짜 오랜만에 그런 사람을 봤다.

숙부 당사판은 성격이 지랄맞기는 했지만 나름 능력이 있는 남자였다. 그런 숙부가 손을 제대로 쓰지 못하고 이 남자에게 제압을 당했다.

게다가 아버지 당사록을 쥐락펴락할 정도로 머리가 좋았다. 다만 이 남자가 외국인이고 경찰이라는 직업이 마음에 들지 않았다.

뭐 이런 단점을 감안해도 무림에서는 최고의 신랑감이었다. 어제 잠깐 마주쳐 아직 인성은 어떨지 몰라도 그녀를 대하는 태도도 맘에 들었다.

여자에게 거리를 두고 시크하며 센 척하지만 결국 그녀가 원하는 대로 다 들어줬다.

"너무 그렇게 보면 남자들은 혹해서 넘어간다고."

상욱은 거리 끝에 시선을 두고 말했다.

"피-이, 남자가 왜 그래요."

"뭘?"

"여자가 먼저 적극적이면 달달하게 좀 받아 줘요."

"한국 드라마 너무 본 것 아냐?"

티격태격 말장난을 하던 둘은 기분 좋은 냄새가 나는 노점 앞에 섰다.

"매운 취두부네요."

당당이 음식 이름을 말했다.

"취두부 취부두 하기에 냄새가 고약할 줄 알았더니 그렇지도 않네."

"곰팡이를 걷어 내고 매운 고추와 향식료가 들어가서 음식 향 자체가 달라져요. 사천을 대표하는 음식이에요."

"맛을 한번 볼까?"

두 사람은 좌판에 앉아 길거리 음식 맛을 봤다. 그 뒤로도 한참 동안 모든 것을 내려놓고 젊은 남녀처럼 데이트를 즐겼다.

당당이 상욱을 찾은 이유도, 서문혜에 대해서는 말하지 않았다 마치 약속이나 한 듯 그렇게.

2시간쯤 지나 둘은 맥주집에서 마주 앉았다.

중국에서 성두 맥주는 독일 맥주만큼이나 유명했다. 배를 채운 두 사람은 간단하게 맥주 한잔을 하러 들렀다.

"이제 용건을 말할 때가 되지 않았나?"

상욱이 먼저 본론을 꺼냈다.

"단도직입적으로 묻겠어요. 아버지를 서장으로 보내려는 이유가 뭐예요?"

은근하던 당당은 없고 날이 바짝 선 당문의 아가씨만 상욱 앞에 앉아 있었다.

"어제 내 말의 앞뒤를 깊게 따졌나 보네. 속뜻을 찾아낼 정도면……."

상욱은 태연하고 약간은 뻔뻔하게 계속 말했다.

"난 방향만 제시했을 뿐, 결정은 당문 문주가 결정한 것 아닌가?"

"그 결정에 당신의 입김이 있잖아요. 전 당신의 진짜 속셈을 알고 싶어요. 무슨 이득이 있어 외국에서 일어난 납치 사건에 개입하고, 영향력을 행사하려는 그 속을 말이에요."

'이래서 여자가 똑똑하면 골치가 아파.'

상욱은 귀밑머리를 긁적였다.

진실을 말하자면 이야기가 길어지고 미주알고주알 한도 없이 그의 삶을 풀어야 했다.

"답하기 난처한 부분이라도 있나요?"

당당이 답을 재촉했다.

그러자 상욱은 서문혜의 문제를 잠시 정리해 말했다.

"이것은 전적으로 내 개인사에 관련된 일이고 추측의 일부가 포함되어 있소. 그러니 듣고 판단은 그대의 몫이지만 다른 사람에게는 전달하는 과정에서 나의 개인사를 드러내지 않는다고 약속을 해 줘야겠소."

상욱은 진지해져 당당에게 말을 올렸다.

"잠, 잠시만요."

당당은 당황했다.

상욱의 비밀을 듣자니 왠지 음모에 발을 담그는 것 같아 괜히 뒤가 켕겼다.

"굳이 들어서 이득이 되는 일도 아니고."

상욱의 말이 당당에게 도발로 들렸다.

"듣겠어요."

그녀는 아랫입술을 깨물었다.

"서양의 엘리시온을 알고 있소?"

"당연한 것 아닌가요. 중국도 그들과 교류가 심심치 않게 이뤄지고 있어요."

"그럼 카르라는 음차원의 마나에 사로잡힌 이질적인 존재는?"

"그것이 전설처럼 떠도는 흡혈귀나 늑대인간 같은 악마적 존재라면 들어 봤어요."

"그들은 단전과 유사한 형태의 카르마가 있소. 심장을 기반으로 한 카르마에서 카르를 뽑아 내공처럼 이용하오."

"진짜요?"

"중국도 일반인은 내공을 허구로 알고 있잖소?"

"그렇기는 하지만."

"서양도 마찬가지요. 특별한 몇몇이 알고 추종하오. 이야기가 다른 것으로 샜구려. 어쨌든 그들과 난 상극 관계요."

"그들과 저희 아버지와 무슨 관계가 있다고?"

"난 우연히 소림의 각원대사의 납치 사건에 발을 걸치게 됐소. 그런데 내가 증오하는 카르의 흔적을 보게 되었소. 소림과 무당의 장로들 납치에 개입된 자들이 그 카르를 이용한 최면에 당해 있었소."

"그럼 서문혜가 카르를 쓴다는 말인가요?"

"내가 그녀를 만났을 때는 아니었소."

"서문혜를 만났다고요? 제가, 아니 당문과 삼파는 모르는 것이 너무 많군요."

"베이징 보석 박람회장 절도 사건은 알고 있소?"

"인터넷으로 보았어요. 뜬금없이 그 사건은 왜?"

"절도 용의자 이름은 장진명이고, 공범도 서장인이오. 그들이 서문혜가 운영하는 홍루에 들락거려 수사를 공조하며 한차례 대면했소. 참고로 그녀는 서장 출신이오."

"어? 천산파 말고도 서문혜와 연루된 조직이 있다는 뜻이잖아요."

"적어도 자금을 운영해야 될 조직임에 틀림없소. 또한 서양의 마기라는 카르를 사용한 요괴가 있소."

"……."

상욱의 말에 당당은 입을 다물고 복잡해진 머리를 쥐었다. 그러다 눈을 가늘게 뜨고 싸늘하게 말했다.

"지금 당신의 개인사를 빼면 저는 오늘 당신에게 들은 이야기를 아버지에게 말할 수밖에 없는 상황이고…… 잘도 이용해 먹네요."

당당은 맥주잔을 들고 벌컥벌컥 들이켰다. 너무나 약 올랐다. 이 납치 사건의 진상을 며칠 더 빨리 알았다면 이렇게 허술하게 대처하지 않을 일이다.

"그렇게 분할 일이 아닌데…… 삼파와 당문이 서장 원정을 너무 쉽게 여겨서 이르는 충고요."

"그제 처음 있던 회의 때는 왜 이런 말을 하지 않았는데요?"

"회의만 지저분하게 흘러가고, 결정적으로 내 말을 믿었겠소?"

상욱의 말에 발을 걸고 싶었지만 그럴 가능성이 90% 이상이라 당당은 입을 다물었다.

"자, 일어납시다."

상욱은 맥주를 거의 마시지 않고 가게를 나섰다.

미적지근하고 단맛이 강한 성도 맥주가 입맛에 맞지 않았다. 남겨진 맥주처럼 당당과의 관계가 걸쩍지근해져 버렸다.

서장의 수도 납살拉薩.

정치와 종교가 한 몸인 정교일체政敎一體로 포달랍궁의 달라이라마가 서장을 이끌었다.

물론 중국 정부에서 서장자치부를 두고 실효적 지배를 하고 있지만, 주민들의 정신적 지주이자 지배자인 것만은 틀림없었다.

이 포달랍궁이 있는 림주구林周區 턱밑 구도시의 대저택 안은 각양각색의 복장의 사람들로 북적였다.

포안장가布案藏家.

서장에서 포목으로 일가를 이뤘던 장가는 시대가 바뀌며 포달랍궁에 식료품을 납품하는 가문으로 바뀌었지만, 여전히 예전의 편액을 달았다.

3대째 가업을 이어 오고 있는 그들의 새벽은 어둠으로 시작해 동이 틀 때까지 연중무휴 상시 행사가 열렸다.

새벽마다 품목을 달리하는 식품을 공급하는 소상인이나 농산물 재배자에게서 물건을 납품받고 검수했는데 그 손님의 수는 항상 백 명을 넘겼다.

그렇다 해도 오늘은 유달리 손님들이 많았고 저택으로 들어가는 사람의 수보다 나가는 사람의 수가 현저하게 적었다.

그들은 물품 대금을 정산하는 2층 건물 이재원利財院으로 들어갔고 몇몇만이 나왔다.

이재원의 원주이자 장씨 가문의 장녀인 장만민은 책상에 있던 장부를 덮었다. 하지만 그녀의 눈은 반쯤 죽어 있었다.

"벌써 시간이 이렇게 됐나?"

그녀는 사무실 입구 위에 걸린 시계를 보며 중얼거렸다. 시침이 8시를 향해 갔다.

주먹을 꽉 쥐고 눈에 독기마저 가득한 그녀는 자리에서 일어나 사무실로 나와 복도를 따라 오른쪽 끝 방문 앞에 섰다.

텅.

지문 인식기에 오른손 검지를 대자 문이 열었다. 그런데 방을 대신해 계단이 자리했다.

그녀는 한두 번 출입한 것이 아닌지 거침없이 계단을 내려갔다. 그 끝에는 지하실이 철문으로 막혀 있었다.

타다다당. 탕.

주먹의 바깥으로 빠르게 네 번 때리고 다시 세게 한 번을 때리자 철문이 열렸다.

"오셨습니까?"

철문 안쪽에서 건장한 청년 둘이 그녀를 맞이했다.

"다들 모였나?"

"방금 장주님까지 들어가셨습니다."

"알았어."

장만민의 발걸음이 빨라졌다.

그리고 그녀가 막다른 곳의 문을 밀고 들어가자, 200평이나 되는 직사각형의 회의실에 백여 명이 좌우로 도열해 30센티미터 높이의 단상 위에 시선을 고정하고 있었다.

"늦었습니다. 회주님."

그녀는 단상 상석에 앉아 있는 여자에게 고개를 숙였다. 그 옆에 앉은 그녀의 아버지 장정두는 공손한 자세로 몸은 반쯤 돌리고 있었다. 대화 중이었던 모양이다.

장정두는 딸을 보며 손짓을 앞쪽으로 불러 자리를 정해 줬다. 그리고 하던 말을 계속했다.

"딸아이가 조금 늦었습니다."

"괜찮아요. 마저 하던 이야기를 계속하죠, 장 당주."

"네, 말씀 듣고 있습니다."

"이리곡지伊犁谷地의 일은 준비가 잘 진행되고 있죠."

의자에 앉은 서문혜의 음성에는 감정이 실려 있지 않았다.

"채 향주, 이리곡지에 대해 보고하라."

장정두는 단상 아래를 보고 말했다. 그러자 좌측 앞에 있던 노인이 나와 허리를 숙였다.

"서혈회의 종 채창영이 회주님께 보고합니다. 삼파의 세 명은 가사 상태로 있으며 피의 수레는 굴러가기 시작했습니다. 백혈白血이 오는 대로 대법을 시행할 수 있습니다. 하시라도 오셔서 뜻대로 행하셔도 됩니다."

"수고했어요."

서문혜는 건성으로 손을 내저었다.

"백혈은 어떻게 됐어요, 장 당주?"

"이미 이르신 대로 다 완료했습니다. 지금쯤이면 나곡현羅 縠縣을 지나고 있을 것입니다만……."

"만이라. 뭐가 문제인가요?"

"으음, 감히 주제넘게 한 말씀 올리겠습니다."

"그 주제넘지도, 말씀도 올리지 말아요. 어떤 말을 할지 뻔하고 그 말이 내 귀에 들어오지도 않으니까."

서문혜는 장정두의 입을 아예 차단했다.

"꼭 들으셔야 합니다. 서혈회의 목적이 변질되어서는 안 됩니다. 돌아가신 서문보군 장문인의 원한을 갚고, 천산파를 재건하는 일이 저희 제자들의 소명입니다."

그러나 장정두의 의지는 평소와 같지 않았다. 그는 피를 토하듯 간언을 했다.

"장정두, 으드득."

서문혜가 이를 갈았다.

"아가씨-."

장정두는 예전 서문혜의 호칭을 부르며 정에 호소했다.

"후-우, 그대는 나에게 장진명이 어떤 의미인지 알고 있잖아요."

"왜 모르겠습니까? 천산파의 정통이자 아가씨의 아드님이십니다. 그리고 저에게도 식구와 같은 아이였고 제 딸아이에게는 누구와도 바꿀 수 없는 사람이었습니다."

"난, 아니 내 마음은 어떤 말을 해도 바뀌지 않아요."

"맞아요, 절대 바뀌시면 안 됩니다."

장만민이 앞으로 나서 서문혜를 부추겼다.

"너……."

장정두가 딸을 보며 손가락질을 했지만 이내 손을 내렸다. 회원들의 대부분의 눈빛이 서문혜나 딸과 다르지 않았던 것이다.

"그래도 그 마공은 사람의 목숨을 담보로 하고 전 문주께서도……."

"그만!"

서문혜의 목소리가 뾰족하고 높아졌다.

"죄송합니다, 제가 주제넘었습니다."

고개를 숙인 장정두의 눈에 아픔이 스쳐 지나갔다.

"나곡현에 제자들에게 천산파로 올라가는 사람들을 감시 잘하라고 하세요. 삼파와 당문 놈들이 곧 서장으로 들어오고, 무엇보다 당사륵이 옵니다. 이목향耳目鄕의 가득구는 들으라."

서문혜는 장정두를 밀어 내고 일어서서 직접 회의를 주재했다.

"가득구, 회주의 부름에 기다리고 있었습니다."

"열일곱 개 이목향의 분타는 혈루회채지계血淚回債之計로 전환하고, 혈천당血天堂 채창영은 장진명에게 시행하려 했던 이혈흡기대법移血吸氣大法의 준비를 완성시켜라."

"존명."

"존명."

짧지만 강한 복종 의지가 담긴 복명 소리가 지하에 울려
퍼졌다.

피의 윤회

사천을 출발해 서장에 도착한 소림을 비롯한 삼파와 당문
은 의외의 행보를 보였다.

포달랍궁을 방문하여 달라이라마와 판첸라마를 접견했다.

서장인의 정신적 지주인 두 라마승의 행보는 곧 서장의 관
심사였다. TV에서는 포달랍궁이 소림사, 청성도관 등 유수
문파와 가문과 교류를 맺었다는 내용을 방영했다.

이는 상욱이 당당에게 전했던 말을 당사륵이 풀어 해석한
내용으로, 비빌 언덕을 찾으라는 말에 대한 정확한 해석이
었다.

삼파와 당문이 달라이라마에게 내준 선물이 만만치 않았
지만 반대급부는 더 컸다. 포달랍궁이 공식적으로 그들을 귀

빈 대접하겠다 천명했다.

천산파가 서장 내에서 아무리 큰 영향력을 갖고 있다 해도 포달랍궁에 비하면 새 발의 피였다.

이로써 적지와 같은 서장에서 그들은 라마교를 배경 삼아 서문혜가 가진 세력 내지 끌어안고 있는 조직을 쉽게 압박할 수 있게 됐다.

아니, 전세가 역전되었다.

완전히 존재감을 드러낸 당사륵이 서장을 활보해도 서문혜와 서혈회는 손을 쓸 수가 없는 입장이 되었다.

국빈 취급받는 당사륵이 실종될 경우 천산의 이름을 지닌 채 살아가는 사람들의 삶은 비참하게 변할 것이다. 그만큼 서장에서 포달랍궁의 그림자는 거대했다.

이로써 당문과 삼파의 행보는 완전히 새로운 국면으로 바뀌었다.

이철로는 납살에 도착하자 덕치와 송면 형제를 이끌고 서장 원정대에서 빠져나왔다.

그들은 그길로 한국 여행사를 가이드를 고용해 장진명의 고향이자 천산파가 있는 나곡현으로 향했다.

상욱의 부탁이 있었다.

상욱은 당사륵의 말에서 맥마흔 전투 당시에 백호부대 부대원이 천산파에 기대어 세력을 이뤘을 가능성을 미루어 짐작했다.

천산파의 장문인이자 백호부대 부대장 서문보군이 사망하고, 생존자 네 명이 귀환한 1979년에 모택동이 주도한 문화대혁명이 실패로 돌아가 실각을 했고, 이후로 인도와의 전쟁은 지지부진해졌다.

그러다 1990년대 후반 인도와 종전을 선포할 때까지 휴전에 가까운 상태였다.

공식 자료에도 백호부대가 치른 대규모 전투가 마지막이었다.

필시 이때 남은 부대원들은 부대장 서문보군의 죽음에 의혹을 떨치지 못하고 원한을 품었을 것이다.

그들의 뒤에 서문혜가 있을 거라 상욱은 믿어 의심치 않았다.

상욱이 서문혜를 쫓는 이유는 카르(음차원 마나)에 있었다. 소림에 이어 무당에 배덕자들은 카르에 잠식된 인형술에 조종을 받고 있었다.

따라서 서문혜를 따라가다 보면 카르마(악업의 정기)를 쓰는 이질적인 존재와 만날 일이었다.

어쨌든 덕치는 나곡현으로 가는 내내 불만이 가득했다.

물도 말도 낯설고 기름기 있는 많은 음식에 중국은 살 곳이 못 된다고 연신 투덜거렸다.

그나마 서장에 들어와 그중에서도 깡촌인 나곡현에 가까워지고 천산산맥이 눈에 들어오자 음식이 담백해졌다. 그래서 채소와 밀가루만으로 만든 국수를 세 그릇이나 들이켰다.

이철로 역시 음식이 입에 맞지 않기는 마찬가지라 모처럼 과식을 했다.

이것이 문제가 됐다.

기름진 위장에 찬 성질의 음식이 들어가자 곧바로 탈이 났다. 차를 타고 가며 둘은 내공으로 회음혈을 막고 괄약근에 힘을 잔뜩 줬지만 2시간 만에 나란히 숲속으로 들어갔다.

나곡현에 도착하기까지 그 웅장한 천산의 설경도 보는 둥 마는 둥 한 두 사람은 여관을 잡기 무섭게 다시 화장실로 직행했다.

중국의 공중화장실은 심심치 않게 남다른 면을 보여 주고는 한다. 이 여관도 그랬다.

목 높이 칸막이와 문고리가 없는 여닫이문에 쭈그려 앉으면 머리만 감출 푸세식 화장실이었다.

뿌지지직.

덕치와 이철로는 칸막이를 사이에 두고 내 배가 남의 배 같은 감각에 거창한 행사를 치렀다.

삐이익.

덜컥. 덜컥.

가슴 높이로 상체만 가리는 공중화장실 앞 출입문이 앞뒤로 움직이는 소리가 들렸다.

　경쟁하듯 뒤처리를 하던 둘의 장 트러블이 뚝 멈추었다.

　남에게 묵직하고 거한 소리를 들려주지 않을 정도의 수치심은 남아 있었다.

　뚜걱. 뚜걱.

　그 어색한 침묵을 뚫고 발자국 소리가 들렸다.

　"어이, 여만후, 담배 있냐?"

　"여기."

　틱.

　"후-우."

　시간을 두고 담뱃불을 붙이고 연기를 뿜어내는 소리가 들렸다.

　"오늘로 이틀째인데 언제까지 이러고 있어야 하는 거지?"

　담배를 빌린 사내의 불만 어린 목소리가 들렸다.

　"일문 삼파 놈들이 어떤 놈인지, 어떻게 생겼는지 알아야지."

　"그나마 무당이나 소림 사람들은 그냥 눈에 뜨이잖나."

　"빡빡머리와 송문검 차고 있는 사람 둘이 소림, 무당이라고 손잡고 나타나나?"

　"너무 불만 품지 마라. 천산의 품에서 자랐으면 보답을 해야지."

"말이 그렇다 이거지."

뿌우지직.

이때 덕치가 들어간 화장실에서 들리는 갑작스러운 배변 활동 소리가 두 사람의 대화를 끊어 놨다.

"어흐."

헛기침 소리와 잠시 부스럭거리는 소리가 들리더니 덕치가 일어나 미닫이문을 열고 나왔다.

그리고 그는 두 사내를 바라봤다.

20대 중반에 골격이 제법 잡힌 청년들이었다.

"소림승?"

청년 하나가 눈이 퉁방울이 되어 외쳤다.

"뭔 소리여?"

중국 말을 모르는 덕치가 고개를 돌려 이철로가 있는 화장실에 대고 말했다.

"아따, 그만 끊고 싸게 싸게 나오란께."

"끙, 싸질렀으면 그냥 갈 일이지 왜 화장실서 유세야!"

이철로가 버럭 화를 내며 고함을 쳤다.

그러자 두 청년은 얼굴을 마주 보며 피식 웃었다.

"외국인이네."

"한국 사람들 같군."

많지는 않지만 가끔 오는 외국 관광객이 한국인이다. 그들은 나이가 많을수록 말이 많고 시끄러웠다.

두 청년들은 덕치에게 신경을 끄고 공중화장실을 너구리 굴로 만들어 놓고 사라졌다.

그때서야 화장실에서 나온 이철로는 얼굴이 굳어졌다.

나곡현이 천산파의 앞마당이라지만 이 정도면 개미 소굴과 다를 바가 없었다. 그리고 정보가 이미 샜다.

뜻하지 않게 얻은 정보라 여관방에 들어오기 무섭게 상욱에게 전화를 했다.

말썽이라면 절대 둘째로 꼽히지 않는 사람이 있었다. 아니, 중이 있었다.

얼굴 생김 자체가 흉측해 도발이 질질 흘러내리다 못해 넘치는 덕치인데 곡차(?)를 불과하니 들이켰으니 목소리까지 커졌다.

"이봐, 술을 가져오란 말이야."

이 2미터 거구가 마신 백주白酒만 한 말이니 보통 사람에게는 치사량에 해당했다.

여관을 겸한 식당이라 손님들은 눈살을 찌푸렸고, 종업원이 걱정스러운 표정으로 고개를 절레절레 흔들었다.

"손님, 그만 드시죠."

"뭐라는 거야, 짱꿰 새끼가."

중국 말을 모르는 덕치라 짜증 난 얼굴로 쏘아붙였다.

"중놈이 술을 더럽게 처먹네."

종업원 역시 한국말을 모르는 터라 웃는 낯으로 조롱을 했다.

"바이지우, 콰이콰이(백주, 빨리빨리)."

그때 덕치가 중국 말로 말했다. 그러자 종업원 얼굴이 헬쑥해졌다.

'이 땡추가 중국 말을?'

그러나 기우라는 것을 아는 데 10초도 걸리지 않았다.

"워(나). 차이나."

양손 검지를 교차해 X자를 만드는 덕치다.

"바이지우, 콰이."

그러며 중국 말과 함께 오른손 주먹을 불끈 쥐어 종업원 얼굴 앞에 내밀었다.

"알았소."

바윗돌만큼이나 크고 단단해 보이는 주먹을 보며 낯빛이 하얗게 변한 종업원이 주방으로 뛰어 들어갔다.

식당 안의 분위기가 가라앉으며 손님들 사이에 분노가 일어났다. 그중에는 여관 공중화장실을 너구리굴로 만들었던 청년 둘도 포함되었다.

그중 한 청년이 일어나 나서려 하자 다른 청년이 손을 잡고 고개를 흔들었다.

"끙."

화를 가라앉히며 앉는 청년과 덕치가 눈이 마주쳤다.

"똥통에서 담배 핀 쌔퀴 아녀?"

덕치는 눈을 부라리며 위아래로 쳐다봤다. 말은 통하지 않아도 촉이란 놈이 청년을 자극했다.

탕.

"땡추 놈이."

탁자를 치고 일어났다.

"이봐, 여만후."

탁자에 앉은 동료가 말렸지만 여만후라 불린 자는 이미 눈에 불이 튄 다음이었다.

그는 네 걸음에 덕치 앞의 탁자를 손으로 짚고 가위차기로 덕치의 옆구리를 찼다.

턱.

"뭐시여."

흡사 곰발바닥 같은 덕치의 왼손이 여만후의 왼발을 덥석 잡더니 그대로 위로 걷어 올렸다.

우당탕탕.

여만후는 등부터 탁자에 닿더니 동그랗게 말려 땅바닥에 내동댕이쳐졌다.

"아이고."

비명을 지른 그는 빠르게 일어나 등과 머리를 쓸어 만지며 아파했다.

"노, 노금두, 보통 중놈이 아니다."

그는 동료를 보며 도움을 구했다.

노금두도 일이 벌어진 이상 물러날 의사가 없었다.

"제길."

으드득.

그는 머리를 좌우로 흔들며 일어났다.

"어이쿠, 쌈박질 허자는 겨?"

덕치가 승포 자락을 걷어붙이는데 눈앞으로 도둑 주먹이
날아왔다.

노금두는 덕치가 보인 틈을 찔러 빠른 주먹질을 했다. 이
류 언저리에 걸치는 힘과 기술이 실렸지만, 덕치 눈에는 아
이 장난에 불과했다.

덕치는 허리를 뒤로 젖혔다 한 걸음 크게 내딛으며 왼쪽
어깨로 노금두의 가슴을 툭 건드렸다.

"컥."

노금두는 외마디 비명을 지르며 주저앉았다.

덕치는 미미한 내공을 사용했지만 노금두에게 가해진 충
격은 상당했다. 내력이 횡경막을 밀어 내고 폐와 심장에 충
격을 줬다.

순간 호흡이 꽉 막힌 노금두가 부르르 떨었다.

"완빠단!"

여만후는 앞뒤 가리지 않고 덤벼들었다.

서혈회 윗선에서 천산의 절기를 보이지 말라 했는데, 덕치

두개의
심장을
가진 자

가 예사롭지가 않자 투조철권闘爪鐵拳을 펼쳤다.

이 절기는 천산파의 시조인 삼선三仙 중 투선 탁영곽의 독문무공이다.

본래 천산파는 천산에서 도를 닦던 검선 이자명, 투선 탁영곽, 지선 황조 세 도인의 추종자들이 모여 만든 문파로, 중원과 달리 천산이라는 지형적으로 척박한 변방에 위치해 짐승들을 사냥하며 발달한 무공은 투박하고 기괴한 면이 있었다.

일례로 갈고리 형태를 취하는 오구검吳鉤劍이 천산파에서 나왔다.

따라서 그들의 시조 격인 투신 탁영곽의 절기 투조철권도 기괴했다.

여만후는 뜀발로 덕치에게 달려들다 바닥을 양손으로 짚고 몸을 쭉 펴 덕치의 배에서 가슴 쪽으로 튀어 오르며 매의 발톱처럼 구부린 손가락으로 할퀴었다.

굵은 살쾡이가 새를 덮치는 모양의 이 탐조궁삭貪鳥窮削 초식에 덕치는 무릎을 꺾으며 등을 바닥과 수평을 이뤘고, 이에 여만후는 허공을 헛손질하자마자 다리를 접어 양 무릎으로 덕치의 턱을 찍어 갔다.

그러자 덕치는 오른손으로 바닥을 쳐 사선으로 일어서며 왼손으로 여만후의 양 무릎을 부드럽게 밀었다.

쓰으으윽.

덕치는 사선으로 선 채로 양 발바닥은 바닥을 쓸며 밀려났다.

탁.

2미터의 간격을 두고 덕치와 여만후가 섰다.

"흐흐."

덕치가 웃음을 토했다.

무림의 절기를 보고 싶었는데 중국 변방에 와서 그 맛을 보게 됐다. 내공을 덜어 내고 육체의 힘으로 손발을 받아 준 이 한 수로 그의 흥미가 폭발했다.

이 모습이 여만후에게는 비웃음으로 보였다.

무엇보다 식당 손님들이 분분이 일어나 벽 쪽으로 붙어 지켜보는데 중의 태도가 자존심을 건드렸다.

까드득.

내공을 최고조로 끌어 올려 주먹을 쥐자 뼈마디가 뒤틀리더니 손마디와 손톱이 길어졌다. 흰 빛마저 띠어 사이하기 그지없었다.

"크아─핫!"

괴성을 토한 여만후는 미친놈처럼 몸을 털며 달려들었다. 벌려진 손가락 마디는 진기가 뭉쳐 할퀴고 찔러 왔다.

덕치의 오른쪽 눈이 위로 올라갔다.

중국 놈 손끝은 사람의 살이 걸리면 파고들어가 찢기거나 너덜너덜해질 악독한 수법이었다.

놈에게 당할 일이야 없지만 괘씸한 것은 어쩔 수 없었다.

쟁천에서도 이런 독수는 원한이 있지 않는 한 쓰지 않는 법이다. 아무리 술에 취해 시비를 걸었기로서니 악귀로 돌변해 살초를 쓰자 덕치는 약이 바짝 올랐다.

물론 도발을 한 것에는 목적이 있어서였지만, 이쯤 되니 여만후가 사람 새끼로 보이지 않았다.

"새퀴, 그라도 주고받는 상도덕이 있제. 손가락을 확 분질러 뺄랑께."

욕을 내뱉은 덕치는 말처럼 주먹으로 여만후의 날 선 손톱을 때렸다.

드득.

"크흐윽."

뼈가 부러지는 소리와 함께 비명을 토한 여만후가 왼손으로 오른손을 잡고 뒤로 물러났다. 내력의 차이는 극명했다.

그러나 덕치는 이대로 끝낼 생각이 없었다. 초식도 무엇도 아닌 오른발의 내려찍기가 여만후의 얼굴에 발자국을 찍었다.

우당탕.

여만후가 뒤로 넘어지며 탁자와 의자를 쓰러뜨렸다.

그제야 정신을 차린 노금두는 상황을 파악했다. 덕치가 예사 중이 아니라 둘만으로는 매만 벌 뿐이었다. 원한을 품은 그는 급히 여만후를 부축하여 식당을 빠져나갔다.

말없이 이 모습을 지켜보던 덕치는 고개를 돌려 계단 쪽을 보았다. 그곳에는 이철로가 벽에 기대 있었다.

그는 덕치를 보며 턱을 가볍게 내렸다. 그러자 덕치도 입 모양을 만들었다.

'괜찮았어.'

이철로가 상욱에게 전화를 하여 여기 상황을 말하자 두 청년들의 뒤를 캐 보라고 했다.

인연이 없으면 원한이라도 만들면 되는 법. 덕치의 도발을 통해 청년들과 시비를 자초했다.

마침 청년들은 여관 겸 식당에서 죽치며 당문과 삼파의 동향을 살피고 있어 도발은 여반장이었다.

덕치는 탁자에 앉아 다시 술을 마셨다.

주먹으로 건 시비니 주먹 쓸 놈들이 몰려올 일이었다.

그가 백주를 반쯤 비우자 예상대로였다.

사내 열 명이 출입구를 막고 그중 중년인 한 명이 덕치가 앉은 탁자 앞에 섰다.

"우리 애들이 뭘 잘못했소?"

중년인은 뜻밖에 한국말을 했다.

"여건 또 뭐셔? 곡차 좀 찔끔거리데 왈칵 주먹질허더니 쳐맞은 애새끼가 꼰대를 델꼬 온 거시여?"

덕치가 비꼬아 말하자 중년인은 탁자에 앉았다.

"나는 천산에 기대어 살고 있는 감국호라 하오. 어머니가 한국인이라 나 역시 반쪽은 한국 사람이라 봐도 되오. 그래서 한국말을 몇 마디 정도는 하고 말이오."

"그란디 어쩌라고."

"보아하니 당신 쟁천 사람 같은데…… 나중에 타지에서 핍박을 받았으니 그런 말 말고 조용히 술 먹고 가시오."

"그 짝이 나헌티 이라라 저라라 헐 일은 아닌 것 같은디. 주먹도 거그 알라들이 날렸응께."

"그 점은 내가 사과하겠소. 하지만 그대가 도발한 면이 없지 않으니, 그대도 사과하고 애 치료비를 내놓아야겠소."

"어따미, 사과 같은 소리 허고 자빠졌네. 애새끼 치료비야 나가 내놓으라믄 까지것 주께. 얼마여?"

탁―.

덕치가 탁자 위로 100위안 지폐 열 개를 올려놨다.

"……따라오시오."

잠시 말이 없다가 얼굴이 붉어진 감국호가 자리에서 일어났다. 돈 따위로 자존심을 뭉개려는 땡추를 그는 용서할 수 없었다.

"아따메, 야그들이 다구리 태우것따고. 그랴, 가자면 못 갈 께비."

돈을 호주머니에 다시 집어넣고 거침없이 일어나는 덕치다. 그러자 감국호가 식당을 나서 앞장을 섰고 덕치는 뒤를 따랐다.

침묵 속에 어두운 길을 10여 분을 가 도착한 곳은 장백관

藏魄館이란 현판이 붙은 무관으로, 대문이 열려 있었다.

안은 연무장과 그 너머로 직각형의 큰 중국식 기와집 대청이 보였다.

감국호는 이 무관 앞에서 돌아서서 덕치를 봤다.

"다시 말하지만 사과를 하고 치료비를 내시오."

공정한 요구를 바라는 그의 모습은 관록 있는 정파의 문파였다.

"흥."

그러나 콧방귀를 뀐 덕치는 제집인 양 거침없이 돌아서서 연무장으로 향했다.

지금까지 감국호가 보인 행동만으로 덕치는 틀림없는 불한당이었다. 여관 겸 식당에서부터 따라와 보고 있는 몇 사람들이 분노를 느낄 정도였다.

덕치를 포위하듯 뒤따르던 사내들은 장백관으로 들어가 연무장 좌우로 도열을 했다. 감국호가 마지막으로 들어왔다.

"문을 닫아라."

그는 제자들에게 명령을 내렸다.

끼이-익. 쾅.

문이 닫혔다. 그러자 건물을 뒤에서 사내들 이십여 명들이 더 나와 덕치를 둘러쌌다.

"이 개 같은 중놈아. 난 네가 사과하고 치료비를 낸다고 하면 어쩌나 걱정을 했다. 여기까지 왔으니 뼈와 살이 발라져 혼백만 나갈 줄 알아라."

감국호는 덕치 앞에 서서 이죽거렸다. 그는 완전 다른 사람이 되었다.

"크크크, 왜 항상 개종자들은 내외국 할 것 없이 똑같당가?"

덕치는 이럴 줄 알았다.

그는 하나만 보지 않고 둘, 셋을 봤다. 감국호가 예를 차렸다면 식당에 혼자 올 일이었다. 그리고 덕치의 실수를 물으려면 상대했던 여, 노 두 젊은이를 대동해야 정상이었다.

그런데 이렇게 패거리를 데려왔다는 것은 이미 그를 손봐주겠다는 생각을 갖고 왔다는 뜻이었다.

아니나 다를까, 대문을 닫으며 본색을 드러냈다.

"애들아, 결박창으로 포박하고 사지를 작살내 놓아라."

감국호는 말이 끝나기 무섭게 홀쩍 뒤로 물러났다.

그러자 사내들이 사방 벽에 붙어 있는 긴 창을 들었다. 그런데 이 창은 참 묘했다. 4미터나 되는 창대 끝에 있는 80센티미터의 창날은 초승달을 가져다 붙여 놓은 모양이었다.

그 가운데가 움푹 들어가 있어 좁은 구역에서는 창날로 밀어붙이는 자체로 한 사람을 억압하기 충분했다. 그런 창 삼십여 개가 덕치를 향해 날을 세웠다.

감국호가 말한 결박창이 이것이었다.

그 시각.

장백관의 뒷담을 넘는 사람이 있었다.

이철로였다. 강적을 맞은 장백관 관원들은 뒤뜰을 전부 비웠다.

그러나 담을 넘은 이철로는 난감한 표정을 지었다. 천산에 기대어 사는 지역이라 날씨 탓으로 문이 입구 쪽에 하나뿐이었다.

"이런 지랄 같은 건물 구조가 있나."

몰래 숨어 들어온 보람이 없었다.

'안 되면 힘으로 할 수밖에.'

그는 허리춤에서 연검을 뽑아 들었다.

툭. 툭.

일단 건물 벽면 몇 군데를 두드리고 검을 휘둘렀다.

슥. 슥.

벽에 50센티미터의 정사각형 금이 생겼다.

푹.

연검이 벽에 꽂혔다. 흙벽을 크림 케이크처럼 만들고 위에서 아래로 잡아 뺐다.

스르륵.

올려 베어진 벽이라 이철로가 작은 힘을 싣자 제 무게에 미끄러져 내렸다.

이철로는 뚫린 구멍을 통해 머리를 들이밀려다 뒤로 물러났다. 벽 뒤에 책장이 놓여 있었다. 한껏 인상을 쓴 그는 오른손을 넣고 책장을 밀었다.

구멍을 통해 내실로 들어간 이철로는 좌우를 둘러봤다.

집무를 보는 사무실이 분명한데 먼지 한 톨이 없었다. 책상에는 컴퓨터가 놓여 있고 글로 읽을 것 따위는 놓여 있지 않았다.

"이거 컴퓨터를 알아야 뭘 하지."

이철로는 중얼거리며 무의식적으로 책장을 제자리로 밀었다.

"응?"

무심결에 본 책장 안에 책 두 권이 거꾸로 꽂혀 있었다. 이철로는 그 책을 꺼내 들어 파라락 펼쳤다.

"서혈회록西血會錄?"

대충 본 책에 내용은 서혈회란 회會의 회칙과 구성에 대해서 서술이 되어 있었다. 그리고 뒷장에는 이곳 장백관이란 무관에 소속된 자들의 피로 눌러 찍은 연명한 연판장이 묶여한 권의 책으로 만들어져 있었다.

다른 한 권은 천산파의 절기가 적힌 무서였는데 그다지 시선을 끌 만한 것이 못 됐다.

이철로는 핸드폰을 꺼내 카메라 기능을 열고 빠르게 서혈회록을 찍었다.

그러고는 책을 제자리에 놓고 뚫린 벽으로 나와 책장을 당겨 제 위치에 놓았다. 오려 낸 벽을 다시 맞춰 넣고 틈에 돌쪼가리를 끼우자 당분간 들키지 않을 정도는 되었다.

그때까지도 앞 연무장에서는 고함과 비명 소리가 계속되고 있었다.

"휘―이익."

덕치는 긴 휘파람을 불며 모처럼 내공을 크게 일으켰다.

결박창을 찔러 대던 놈들 반절은 그의 손에 오른팔이 됐든 왼발이 됐든 관절이 뽑혀 한쪽 팔을 움켜쥐고 땅을 나뒹굴었다.

애초에 싸움이 되지 않았다. 그래도 이렇게 시간이 걸린 것은 벽에 서서 활은 쏘는 열 명과 결박창 뒤에서 그물을 던지는 다섯 명의 사내들 때문이었다.

그들은 교묘하게 교차하며 덕치의 운신 폭을 잡아먹고, 빈틈에 그물을 던지거나 활을 쏘아 댔다. 그러다 조금의 틈이라도 생기면 결박창이 그를 몰아붙였다.

철저하게 고수 한 명을 상대하기 위한 진형이었다.

감국호는 절반으로 줄어든 관원들을 바라보며 심각하게 굳어졌다.

'중놈을 함정에 빠트린 것이 아니라 우리가 함정에 빠졌구나.'

어금니가 분질어지도록 꽉 깨물었다.

술을, 그것도 백주를 두 말을 처먹었다는 중놈 얼굴은 붉은 기가 다 빠졌고, 기를 모은 내공을 휘파람으로 기세를 퍼트린다는 충기구소衝氣口嘯의 절기까지 보였다.

절정도 아닌 초절정 씩이나 되는 중놈이 여태 그와 관원들을 농락하고 있었던 것이다. 어린아이가 풍뎅이 발목을 다 자르고 목을 비틀어 한자리에서 빙빙 맴돌게 만들듯이 말이다.

장백관이 봉문封門되는 것은 시간문제였다.

담 위에서 활을 쏘던 눈치 빠른 부관주 이석귀는 벌써 사라지고 없었다. 그 역시 슬슬 물러날 채비를 준비했다.

덕치는 싸움이 시작되자 제법 손발이 바빴다.

일류 고수들이 방진을 꾸려 몰았다면 수미다라니의 내공을 썼겠지만, 이류들이 상대인지라 그는 수미개자만큼의 내공으로 그 자신을 일류 경지로 맞춰 놓고 손을 썼다.

이러니 결박창을 일일이 대응해야 했다.

처음에는 팔방으로 찌르고 밀어 대는 창을 간선보로 피하기 급급했다. 그러다 정 궁지로 몰린다 싶으면 천수관음권으로 창을 쳐 냈다.

시간이 지나자 투로를 읽고 착실히 손이나 발의 관절을 탈골시켜 놓았으니 장백관의 관원들은 점점 불안에 떨어야 했다.

그러더니 관주 감국호가 내빼 버리자 관원들이 슬금슬금

물러섰다.

팡-.

덕치 역시 이철로가 빠져나가는 것을 확인하고는 발을 굴러 간선보로 담을 훌쩍 뛰어넘어 버렸다.

남은 장백관의 관원들은 닭 쫓던 개처럼 덕치가 사라진 방향을 쳐다볼 뿐이었다.

당당은 서장으로 오기 전부터 구글을 검색했다.

전날 상욱으로부터 팁을 받았었다.

트위터나 페이스북, 인스타그램에 올라온 특정 단어를 구글 검색만으로 단편적인 정보를 확보하고, 이를 취합해 정보를 완성하는 방법과, 각 모바일에 게시된 글에서 서문혜를 찾는 단서 추출 방법을 배웠다.

그래서 당당은 당문의 젊은 제자 몇과 함께 작업을 했다.

별 기대하지 않았던 이 작업은 그녀에게 서장의 형세를 포함해 중요한 정보를 얻을 수 있게 해 주었다.

천산파와 관련한 글도 간간이 트위터에 올라왔다. 직접적인 언급이 아닌 당唐이나 소小, 청淸, 무武와 같이 일문과 삼파를 외자로 거론하며 동향을 적나라하게 실었다.

그녀와 제자들은 그 인터넷 계정과 모바일을 잡았다.

그리고 이런 일의 뒤처리를 하는 전문가들이 있는데, 그들을 부릴 능력이 있는 사람, 등청량이 지금 그녀 곁에 서 있었다.

등청량은 상욱의 연락을 받고 베이징 공안청 형사를 열 명이나 대동해 곧장 서장으로 날아왔다. 그들에게는 보석, 즉 장물 회수와 공범 검거라는 숙제가 남아 있었다.

등청량은 상욱에게서 서문혜와 절도범 장진명 그리고 공범 위이무가 같은 서장 출신이고, 서문혜가 운영하는 홍루 세담루를 숙소와 거점으로 사용할 수 있었던 점, 장진명과 서문혜는 혈육 관계로 장물에 깊숙이 관여했을 거라는 의견을 받았다.

게다가 당문과 삼파에서 발생한 납치 사건의 범인으로 서문혜를 쫓고 있다는 언질을 전해 들음으로써 공을 세울 기회를 제공받았다.

두 사람의 연결 고리가 상욱인 것이다.

처음 상욱에게 어플 전화를 받은 당당은 공안과 엮이는 것을 달가워하지 않았다.

그러나 지금은 최선의 선택이었음을 자인하지 않을 수 없었다.

서문혜와 관련된 정보를 남긴 인터넷은 아이피 주소를 찾아야 했는데 영장이 필요했다. 이 일을 등청량이 해결해 줬다.

또한 무선 전파국의 주파수를 가로채 무선 도청이 가능한 이동 차량을 같이 사용하고 있는 중이었다.

똑. 똑.

차의 뒷문을 두드리는 소리에 등청량이 미소를 지으며 문을 열었다.

"박 경감, 반갑소."

차 앞에 상욱이 서 있었다.

다음 권으로 이어집니다

제 글을 읽는 모든 분들에게 행운과 행복이 깃들길……

전북 순창 회문산 한 자락에서 德珉 올림

두개의
심장을
가진자

문필드 현대 판타지 장편소설
ROK MODERN FANTASY STORY

차원 이동으로 재벌된 남자

고구마같이 답답한 현실,
『차원 이동으로 재벌 된 남자』가
착한 갑질로 뚫어 드립니다!

실직의 슬픔을 낮술로 달래던 비운의 소시민 강준우
방 안 옷장의 빛을 따라가니 눈앞에 나타난 건
게임에서나 봤던 중세 시대 마을?

술에 취해 꾼 꿈인 줄 알았건만, 이게 진짜라고?

정체 모를 액체를 마시고 술이 깬 걸 기억해 낸 준우는
다시 한 번 옷장을 열게 되는데……

차원 이동으로 가져온 물건에 실패는 없다!
양쪽 차원을 오가며 사람들을 현혹하라!

패전처리, 회귀하다

드러먼드 스포츠 장편소설

**골라 봐, 랜디 존슨의 슬라이더? 리베라의 커터?
선수 생명을 담보로 꿈의 구질을 얻다!**

노력만큼은 세계 최고였던 턱걸이 메이저리거
한 번의 활약도 없던 패전처리 전문 투수 문지혁
은퇴 날 찾아온 야구의 신과 기묘한 거래를 하게 되다

"누구보다 노력한 자네에게 주는 선물이네."

그 노력에, 이 재능에, 회귀까지?
지독한 연습벌레, 마구를 쥐고 다시 마운드에 오르다!